Helmar Neubacher

DAS SCHWEIN AUF DEM TRAPEZ

– Retter unserer Welt?

Roman

Helmar Neubacher, geboren am 06. April 1940 in Sakuten, Kreis Memel, damals Deutschland – Studiendirektor i. R.

Vom Autor bisher veröffentlichte Bücher:

CHEOPS-PYRAMIDE gebaut mit den eigenen BARKEN
Lösung des Jahrtausendrätsels:
MASCHINEN des HERODOT + KRAFT des WASSERS
ISBN-13: 978-3-8370-6236-6

Das RAD des PHARAO
7 Vorbedingungen für den Bau der Cheops-Pyramide
DER BAU BEGINNT ISBN: 978-3-8370-2310-7

VERMÄCHTNIS des HERODOT
zum Bau der
CHEOPS-PYRAMIDE
Jahrtausende altes Mysterium gelüftet:
100.000 Mann – Hydrostatik – 230 Steinhebemaschinen
ISBN: 978-3-8391-1486-5

PRINZESSIN DER HERZEN
– ein Drama im Spiegel der Galaxien
ISBN: 978-3-8423-5222-3

ADOLF HITLER »DAS BÖSE«
– und die Rache des Ziegenbocks von Leonding
ISBN: 978-3-8448-8977-2

ADOLF HITLER »THE EVIL«
– and the Revenge of the Billy Goat of Leonding
ISBN: 978-3-7481-8276-4

ICH HABE VIEL ZU LANGE GESCHWIEGEN
Sozialdemokratie am Abgrund! Deutschland am Abgrund?
ISBN: 978-3-7322-1418-1

Wir sind DAS VOLK BRUCH der SCHERE zwischen ARM und REICH Streitschrift ISBN: 978-3-7448-5563-1

»IDEALER FÜHRER« oder ZWEISTROM-SOZIALISMUS
Rettungsanker für die Menschheit?
…die »Friedliche Revolution« des kleinen DDR-Volkes von 1989 lebt weiter!
Eine fiktive Streitschrift ISBN: 978-3-7504-1183-8

ADOLF HITLER DIE "ENTTARNUNG" Liebe, Sex und Tod Historischer Roman ISBN: 978-3-7534-5322-4

Helmar Neubacher

DAS SCHWEIN
AUF DEM
TRAPEZ

– *Retter unserer Welt?*

Roman

Umschlag:
Entwurf und Gestaltung: www.schaduf-book.de

Bibliografische Information der Deutschen Nationalbibliothek

Die Deutsche Nationalbibliothek verzeichnet diese Publikation in der Deutschen Nationalbibliografie, detaillierte bibliografische Daten sind im Internet über http://dnb.dnb.de abrufbar.

Herstellung und Verlag: BoD – Books on Demand, Norderstedt

ISBN: **9783755795353**

Inhalt

*Abb. 1: Amulettartiges Gebilde aus dem Tempel Nongbuase
(Provinz Nongbualamphu), Thailand, hergestellt aus
geflochtenen bunten Bändern von einem Mönch.*

Das Umfeld

In der größten Region Thailands, im Isaan, lebt ein Mann, der landauf, landab unter dem Spitznamen »Schwein« bekannt ist. Diese Person ist bei der Thaibevölkerung sehr beliebt und überaus angesehen bis hinauf in allerhöchste Kreise. Die Bezeichnung »Schwein« ist nicht etwa, wie in Europa, ein böses Schimpfwort. Viele kleine Mädchen und Frauen werden hier in Thailand liebevoll »Muh« (Schwein) genannt – das kleine Wörtchen mit aufsteigendem Ton gesprochen. Und wie wir in diesem Falle sehen, gibt es diese Bezeichnung auch für Männer. Der Europäer staunt, wenn er erfährt, wie häufig dieser Name verwendet wird. Die so bezeichnete Person wird aber auch mit weiteren Namen bedacht, die auf einen großen Bekanntheitsgrad hinweisen.

Der »Deutsche« (The German) und der »Große« (Khun Jai) sind weitere Benennungen, unter denen ihn jedermann kennt. Völlig ungewöhnlich, mehrere Spitznamen – Thais haben nur einen. Unter »Khun Jai« verbirgt sich nun nicht eine Person, die körperlich sehr groß ist. Diese Bezeichnung wird einem Menschen zugeordnet, der reich, mit großem Einfluss versehen und damit auch mächtig ist. Es handelt sich um jemand, auf den man hört und dessen Wort Gewicht hat. Und so kann man dann auch ohne Umschweife direkt auf seinen wirtschaftlichen Erfolg kommen, der für die Thais viel wichtiger ist als z. B. Aussehen und Charakter. Ein solcher Mensch sticht aufgrund seines Erfolgs ganz besonders heraus aus der Allgemeinheit:

»Ein Ausländer, der es geschafft hat, innerhalb von 20 Jahren einer der reichsten Männer in Thailand zu werden!«

Der aus Deutschland stammende Franz Muxeneder ist heute der größte Schrotthändler und Altteile-Verwerter des ganzen Landes. Als er hierher kam, stellte er fest, dass es sehr schwer war, passende gebrauchte, aber preiswerte Ersatzteile für sein Auto zu bekommen. Und schon war seine Geschäftsidee geboren und wurde rigoros in die Tat umgesetzt:

„Bei mir gibt es kein Suchen – nur Buchen!"
Auto+Motorrad »Der Deutsche«

lautet sein Wahlspruch, der in jedem Tante-Emma-Laden, aber auch in jedem Supermarkt und Baumarkt hängt – geschrieben in Thai und Englisch.

Die Werbung bedeckt derart umfassend das ganze Land, sodass jeder Bürger sie täglich wahrnehmen muss. Das gilt natürlich in besonderem Maße für das Internet, denn man findet den deutschen Kaufmann auch in allen sozialen Netzwerken. Und dieser Unternehmer spricht eine große Bevölkerungsgruppe an.

Seine Spezialität sind Ersatzteile nahezu aller Automarken und Motorräder – auch antike Nobelkarossen. Innerhalb von Sekunden kann er jedem Kaufinteressenten per Knopfdruck sagen, ob das gewünschte Ersatzteil vorrätig ist. Auch den Verkaufspreis hat er sofort parat. Jedes Teil hat den halben Neupreis und ist beschrieben und bewertet durch die drei Erhaltungszustände 1, 2, 3.

Und was hier angeboten wird, muss ja gut sein, denn was ein Deutscher verkauft, weckt Vertrauen. Dieser Starverkäufer wirbt durch seine Staatsangehörigkeit mit deutscher Wertarbeit, da in diesem Fall Thais stets denken, dass hinter den gelieferten Ersatzteilen besonderes Know-how steht. Dies ist allerdings nicht der Fall, da die Ersatzteile aus aller Herren Länder kommen. Hinzu kommt, dass deutsche Gäste sowieso in Thailand generell beliebt sind.

Sein Haupteinkommen resultiert aber aus dem Recyceln von Schrott. Riesige Berge, manchmal haushoch, liegen nur wenige Kilometer entfernt von seinem Zuhause. Etwa stündlich kommt ein Laster mit neuer Ware – selbst aus den Nachbarländern Laos und Kambodscha, aber auch auf dem Wasserwege, und zwar Schiffe von Indien und Vietnam. So entstehen auch immer mehr Arbeitsstellen für die Bevölkerung, obwohl der »Deutsche« bereits der größte Arbeitgeber der Provinz ist.

Es ist 06.30 Uhr und die Familie sitzt beim Frühstück – Vater, Mutter, Tochter und die Erzieherin. Der Vater sitzt an der Stirnseite eines riesigen rechteckigen Esstisches. Die Tischbeine, bestehend aus wertvollen hölzernen Schnitzereien, kommen gar nicht zur Geltung, denn sie werden von 24 bequemen Stühlen verdeckt – ebenfalls versehen mit Schnitzereien wie der Tisch. Die drei weiblichen Personen sitzen an einem niedrigen runden Tischchen, einige Meter entfernt. Sie sind aber so platziert, dass sie mit dem Vater Blickkontakt haben, und somit auch miteinander sprechen können.

Zwei junge Mädchen in Bedienuniform tragen das Essen auf. Die eine bringt alles für ein üppiges deutsches Frühstück, einschließlich Pfeffer, Salz, Ketchup. Die andere Frau trägt all die kleinen Dinge herbei, die die Thais des Isaan lieben. So sind unverzichtbar Reis, Gemüse, Obst und Fischsauce mit Chilischoten – ein Salzersatz (Prick-nam-pla). Eine weitere spezielle Soße aus verdorbenem Fisch (Bala) hat der Hausherr wegen des strengen Geruches verboten. Aber man hat sich geholfen, denn es gibt dieses Thai-Gewürz auch aus der Flasche mit Verschluss. Der Europäer weiß meist nicht, was in der Flasche ist, denn das Etikctt in Thaischrift vermag er normalerweise nicht zu lesen. Erschwerend kommt häufig noch hinzu, dass viele Firmen eine Kunstschrift verwenden, sodass selbst jemand, der alle 44 Konsonanten und 32 Vokale des geschriebenen Thaialphabetes kennt, hier überfordert ist.

Aber alle drei Thais am runden Tischchen beginnen mit einem sehr scharfen Papaya-Salat (Somtam), den der Hausherr geradezu hasst. Die europäische Seite trinkt Kaffee und die andere Tee, stilles Wasser und Obstsaft. Vor der Mutter liegen noch einige kleine Fleisch- und Fischstückchen. Tochter und Erzieherin lehnen dagegen jedes Essen ab, für das ein Tier sterben musste.

Und der Hausherr beginnt das morgendliche Tischgespräch, hier an die Tochter gerichtet:

„Na, Mucky, ich hoffe du hast gut geschlafen und hier habe ich dein Zeugnis vorliegen. Deine Klassenlehrerin ist ja, bezogen auf thailändische Schulen, eine geradezu vorbildliche Kindererzieherin. Sie scheut sich nicht vor Mehrarbeit und stellt euch zum Jahresanfang ein Zwischenzeugnis aus. So wissen alle Schüler deiner Klasse, wo sie stehen. Jedem Schüler hält das Zeugnis den eigenen Notenspiegel vor's Gesicht und zeigt ihm, wo er sich bis zum Versetzungstermin am 15. Mai noch verbessern kann.

Meinen allerherzlichsten Glückwunsch – du bist ja nun die Nr. 1 in deiner Klasse von 21 Schülern. Damit machst du auch Papa und Mama alle Ehre. Weiter, weiter so – ein gutes Abitur und dann ab an die beste Uni in Deutschland oder USA – dann wirst du mal viel Geld verdienen. Ich sehe schon in nicht allzu ferner Zukunft, Frau Dr. Mucky, als Vorstandsmitglied eines Riesenkonzerns oder einer großen Bank."

„Aber Papa, mit meinem Zeugnis stimmt etwas nicht – ein Mädchen und ein Junge sind besser als ich. Ich dürfte nur die Nr. 3 sein – und das macht mich sehr traurig. Und wir haben doch schon öfter über meine Berufswünsche gesprochen. Ich möchte gerne Tierärztin werden – das weißt du doch – mein Herz wird ganz warm, wenn ich daran denke, kranken Tieren zu helfen – vielleicht in Afrika."

„Aber, aber liebste Tochter, mein Schätzchen. Du bist jetzt fast acht Jahre alt und kommst in die 4. Klasse. Du wirst deine Meinung sicher noch verändern und erkennen, dass das Wichtigste im Leben darin besteht, gutes Geld zu verdienen. Aber, wenn du nach Afrika gehst und »Kleine Brötchen« backst, ist es auch gut. Du kannst machen, was du möchtest, mein Kind – alles ist gut. Ich bin dein Vater und habe nur dich – ich folge all deinen Wünschen. Ich werde alles unterstützen, was du dir in den kleinen Kopf gesetzt hast."

Es ist schon merkwürdig: Das Gespräch zwischen Vater und Tochter fand in englischer Sprache statt, obwohl die Heimat der Familie Thailand ist. Gesprochen wird vom Hausvorstand mit allen anderen Personen ein schlechtes Englisch mit vielen Fehlern – kein Wunder, denn niemand ist im Land der englischen Muttersprache geboren.

Es hilft aber alles nichts, sobald Familienmitglieder oder Bedienstete sich mit dem »Deutschen« unterhalten müssen, kramen sie so gut es geht ihre Englischbrocken hervor. Oft werden sie von ihrem Arbeitgeber niedergemacht, falls ihr Wortschatz nicht ausreicht, sich verständlich auszudrücken. Der Chef spricht eben einige englische Wörter mehr als seine Bediensteten. Deshalb ist er auch davon überzeugt, dass er die Sprache Englisch perfekt beherrscht, im Gegensatz zu den anderen.

Die Thais untereinander verstehen sich natürlich hervorragend, denn sie sprechen ihren Dialekt aus dem Isaan, so wie sie es von Vater und Mutter gelernt haben. Ehefrau und Angestellte sind oft froh, dass sie dann vom Ehemann und Chef nicht verstanden werden, da viele persönliche Wörter nicht für seine Ohren bestimmt sind.

Leider sieht es, von anderer Seite betrachtet, richtig traurig aus. Denn der Hausvorstand beherrscht von der gesamten Sprache Thai nur zwei ganz kleine Wörtchen, die er auch noch falsch ausspricht. Zwei kleine Wörtchen sind alles, was er innerhalb von 20 Jahren angenommen hat. Ein besonderer Fehler bestand darin, dass er kurze englische Sätze zur Verstärkung mit dem Wörtchen »khaa« beendete. Ihm war nicht bekannt, dass dieses Wörtchen in Thailand ausschließlich weiblichen Personen vorbehalten ist, und er merkte auch nicht, dass er allen Thais jedes Mal ein Schmunzeln ins Gesicht zauberte. Er wies diesen Fehler aber gegenüber seinem korrigierenden deutschen Freund energisch zurück. Er habe dieses Wörtchen nie benutzt, so seine Rechtfertigung. Tatsächlich war auch fortan »khaa« nicht mehr zu hören – aber ein neuer noch schwererer Fehler tauchte ganz plötzlich auf und verursachte wiederum Staunen und verzeihendes Lächeln bei den Angesprochenen. Diese landauf landab so angesehene Person grüßte nun fast jeden, der ihm begegnete mit einem thailändischen »Wai« – den Verkäufer im Supermarkt genauso wie Fremde und auch Kinder! Ihm war nicht bekannt, dass Begrüßung und Dankeschön der thailändischen »Wai-Zeremonie« immer von der rangniederen oder jüngeren Person ausgeht und dann von der ranghöheren oder älteren Person ebenfalls durch einen »Wai« erwidert wird.

Auch die Heimatsprache Deutsch des Hausvorstandes ist im Kreise seiner Lieben überhaupt nicht zu vernehmen. Nur die Tochter hat fünf bis sechs Wörter aufgeschnappt aus Gesprächen des Vaters mit deutschen Freunden und Bekannten.

Nach Beendigung des Frühstücks beginnen die beiden Dienstmädchen mit dem Abräumen und sind gar nicht erstaunt, als ihr Chef sich an sie wendet – sie ahnen aber schon, was da auf sie zukommt.

"Nini und Bäng – vergesst nicht, heute ist »Motorradtag« – bringt nach dem Abwasch meine fünf

Motorräder und die Autos auf Vordermann, ihr habt ja dann Zeit. Nach dem Abblasen des Wassers mit Pressluft, schön einwachsen, auch die Autodächer. Nehmt den Verwalter und die Küchenhilfe mit dazu – die stehen ja sowieso meistens nur rum. Ach ja, da fällt mir ein, dass im Hetty Nusara Condominium zwei Farangs (Thai Bezeichnung für weißhäutige Ausländer) mit ihren Thai-Frauen ausgezogen sind. Bis nächste Woche ist der Elektriker mit einigen Reparaturen fertig. Dann könnt ihr euch vom Verwalter mit den ganzen Farbtöpfen hinfahren lassen. Alle vier Zimmer, Küchen, Bäder und Balkone wieder 1. Klasse, einschließlich Decken, neu streichen – das könnt ihr doch gut! Nehmt wieder die gleichen Farbtöne – schöne Pastellfarben wie gehabt."

Die beiden Mädchen verbeugen sich untertänig und bedanken sich sogar, wie aus einem Mund:

„Kob khun khaa!"

Obwohl sie die Anweisung nur mit »ja« zu bestätigen hätten, machen beide einen »Wai«. Dabei werden die Handflächen in Gesichtshöhe aneinander gehalten. Der Kopf macht mit niedergeschlagenen Augen eine kleine Nickbewegung und die Beine einen Knicks. Dabei ist die gesamte Körpervorderseite der Person zugewendet, der die Höflichkeitsbezeugung gilt. Leider ist in den letzten Jahren vermehrt zu erkennen, dass diese freundliche Art der Begrüßung und des Dankeschönsagens an Intensität und Bedeutung abnimmt. Schuld daran sind in besonderem Maße die Millionen Ausländer, die dafür überhaupt keinen »Draht« haben. Viel lieber begrüßen sie sich durch Handschlag, mit der Gefahr, gefährliche Bakterien wie auch Covid-19 und Hepatitis A und B zu übertragen. Auffallend oft sieht man neuerdings die Begrüßung per Handschlag auch im Kreise der sogenannten thailändischen Ladyboys (Khateus). Sie finden die

Begrüßung durch Handgeben interessant, geschuldet ihrem häufigen Umgang mit männlichen Europäern, Amerikanern, Australiern und Neuseeländern.

Besonders bei Mischlingskindern zwischen Thai und Farang ist der Wai so gut wie unbekannt − eigentlich schade! Den ausländischen Vätern genügt in der Regel ein »hallo« und ein »thanks«! Diese Kinder haben bei den Thais wohl nicht umsonst die etwas herabsetzende Bezeichnung »Luk krueng« (»Halb Kind«) erhalten. Bekannt ist auch die Schwierigkeit bei der Wahl späterer Berufe. Bewerber aus Mischehen haben häufig das Nachsehen, wenn es um beamtete oder verwaltungstechnische Berufe innerhalb von Behörden geht.

Nach dem Dankeschön gegenüber ihrem Chef lächeln die beiden Dienstmädchen − sind aber in Wirklichkeit regelrecht wütend. Sie fühlen sich gar nicht damit einverstanden, dass ihr Arbeitgeber sie dermaßen ausnutzt. Vorgeschrieben sind von der Regierung 300 Baht pro Tag als Mindestlohn. Sie erhalten aber nur 100 Baht (2,70 Euro), denn in der Region gibt es leider viel zu wenig Arbeitsmöglichkeiten für Ungelernte. Doch professionelle Autopflege und fachlich einwandfreie Malerarbeit sind nicht in ihrem Arbeitsvertrag vermerkt. Zusätzliche Mehrarbeit, ohne Bezahlung und ohne vorherige Abmachung mögen Thais gar nicht!

Die Tochter, mit richtigem Vornamen Mugda, verlässt als erste den Tisch. Sie küsst Mama und Papa auf die Wange, dreht sich danach beiden zu, macht einen »Wai« und geht nach draußen.

Dort begrüßt sie durch einen Maschendrahtzaun ihren Liebling, der in einem Riesenzwinger wohnt. Die kleine dreifarbige Beagle-Hündin hört auf den Namen »Zita« und ist ganz aus dem Häuschen vor Freude, ihre kleine Herrin zu sehen. Anfangs war Mucky ganz traurig, dass Papa verbot, das possierliche Tierchen ins Haus zu holen. Dies ist der einzige Wunsch in den sieben bis acht Lebensjahren des Kindes, den ihr der ansonsten umsorgende Vater nicht erfüllte. Mucky berührt noch einmal mit dem Zeigefinger der rechten Hand das kleine Näschen des Beagle-Mädchens durch den Drahtzaun und sagt auf Deutsch:

„Auf Wiedersehen", eines der fünf Wörter, die sie aus der so fremd klingenden Sprache des Vaters kennt. Sie geht noch zu einem Wasserhahn draußen, wäscht sich mit Seife die Hände. Ohne Hast benutzt sie ein sauberes Handtuch, das dort hängt und winkt damit der Erzieherin zu, die Muckys Schulzeug und eine Leinenjacke in der Hand hält. Beide lächeln sich an, berühren sich kurz mit der freien Hand und steigen in eine große Mercedes-Limousine. Der Chauffeur gibt langsam Gas, denn es sind noch 35 Minuten bis Schulbeginn. Die Schule liegt wenige Kilometer entfernt und der Fahrer muss nur kurz auf eine Schnellstraße. Dann auf einen längeren geteerten Nebenweg – und schon hört man das Stimmengewirr der spielenden Schüler der Dorfschule.

Bald darauf wird die thailändische Fahne von einem Schüler an einem großen Holzmast nach oben gezogen. Während Lehrer und Kinder zur Musik die thailändische Nationalhymne singen, blicken von zwei großen Bildern der König und die Königin herab. Der Unterricht kann beginnen.

Drei Schulstunden, unterbrochen von einer kurzen und einer längeren Pause sind Punkt 12 Uhr mittags vorüber. Hier gibt es zum Schulschluss kein Klingelzeichen. Die Lehrerin steht kurz von ihrem Polsterstuhl auf und klatscht in die Hände. 20 Kinder stürmen nach draußen, nur Mucky bleibt sitzen. Die Lehrerin steht da, wie eine Amtsperson, in Khakizeug mit zwei goldenen Streifen auf den Schulterstücken – vergleichbar einem deutschen Oberleutnant der Marine. Das Haar zurückgekämmt und hinten zusammengebunden wirkt die etwa 45-jährige Frau besonders respekteinflößend.

„Na Mucky, reicht dir der Unterricht noch nicht, oder hast du etwas auf dem Herzen. Komm ruhig nach vorne – komm zu mir."

Und Mucky greift ihren Rucksack mit den Schulsachen, schiebt sich aus der Sitzbank heraus und trippelt nach vorne. Die Lehrerin hat sich wieder gesetzt und die kleine Schülerin kommt sich etwas verloren vor, in ihrer Schuluniform mit weißer Bluse, überlangem dunkelblauen Rock und blanken Schuhen, aus denen die weißen Socken herausschauen – mit der Lehrerin alleine im ansonsten leeren Klassenraum.

„Na Mucky, was gibt es denn – ist alles in Ordnung und wie geht es deinem Papa?"

„Danke, Frau Lehrerin (Khun Kru) – Papa geht es gut, und er war ganz erstaunt darüber, dass ich jetzt die Nr. 1 in der Klasse bin. Doch ich kann mich darüber gar nicht richtig freuen, weil doch meine beiden Mitschüler Shompoo (Mädchen) und Piak (Junge) bessere Noten haben als ich. Mir steht also eigentlich nur die Nr. 3 zu. Und dieser Meinung sind offenbar auch meine Mitschüler. Ich hatte heute das Gefühl, dass mich einige mieden, nicht so freundlich zu mir waren, wie sonst."

„Du weißt Mugda", und die Lehrerin schlägt einen dienstlichen Ton an, indem sie Mucky nicht mit ihrem Spitznamen anspricht,

„du weißt Mugda", und noch einmal nach einem kurzen Luftholen,

„du weißt, dass meine Familie und dein Papa befreundet sind. Und du weißt auch, dass ich die stellvertretende Schulleiterin bin. Wenn ich in meiner Amtsfunktion mit den anderen beiden Lehrerinnen deiner Klasse ein Zeugnis mit Nr. 1 ausstelle, dann hat das gute erzieherische Gründe. Dann kannst du auf dich selbst sehr stolz sein, aufgrund unserer Beurteilung. Wir sehen nicht nur die reinen Noten der Tests, sondern machen uns auch jedes Mal ein Gesamtbild des Schülers oder der Schülerin – welches das Gesamtergebnis manchmal nach unten oder wie bei dir nach oben abrundet. Mach dir also keine Gedanken mehr darüber und freue dich mit deinem Vater über das gute Ergebnis – nochmals schöne Grüße an deinen Vater und guten Heimweg."

Damit ist das Gespräch beendet. Die Schülerin bedankt sich mit einem »Wai« und verlässt schnellen Schrittes das Klassenzimmer.

Währenddessen sitzt die Lehrerin noch wie in Gedanken verloren an ihrem Pult. Sie fragt sich, ob das überaus intelligente Kind trotz seines niedrigen Alters etwas bemerkt hat? Hat der Vater möglicherweise im Familienkreise eine unbedachte Äußerung gemacht? Der stellvertretenden Schulleiterin ist schon bewusst, dass die ganze Sache »stinkt«! Und ihr wird auch klar, dass sie, zusammen mit dem Vater, dem Kind eigentlich keinen guten Dienst erwiesen hat. Ihr kommen zumindest einige Gewissensbisse.

Immerhin hatte sie dem Vater dieses Nr. 1-Zeugnis versprochen, wenn auch nur andeutungsweise. Muckys Vater hatte ihr zuvor 850.000 Baht als Darlehen in Aussicht gestellt, obwohl die Lehrerin so gut wie keine Sicherheiten vorweisen konnte. Bekannt ist Muckys Vater, dass die gesamten Ländereien der Lehrerfamilie im Laufe der letzten Jahrzehnte dem Glücksspiel des Vaters der Lehrerin zum Opfer fielen. Allerdings nicht bekannt ist ihm, dass sich der 29-jährige Liebhaber der Lehrerin, ein Bankangestellter, in einer absolut gefährlichen, lebensbedrohenden Lage befindet. Ladymänner, mit denen er lange Zeit dem Glücksspiel frönte, stehen mit langen Messern vor dessen Tür und fordern ganz unmissverständlich die Zahlung der angefallenen, relativ hohen Spielschulden – und zwar sofort!

Um diese unangenehme Situation abzuwenden, übergeben die Schuldner in Thailand zur Sicherheit häufig ihre Besitzurkunden (Schanot) von Häusern oder Ländereien und treten diese dann später über einen Rechtsanwalt und das zuständige Landoffice an den Gläubiger ab. Die zwingende Einschaltung von Notar und Grundbuchamt, wie beispielsweise in Deutschland, gibt es in Thailand nicht. Man übergibt in der Nacht die Besitzurkunde seines Grundstückes und muss gegebenenfalls bereits am kommenden Morgen mit der ganzen Familie aus seinem Haus ausziehen.

Derweil sitzt Mucky wieder in der Mercedes-Limousine – wie sonst auch – neben der Erzieherin. Der Chauffeur will gerade auf die Schnellstraße fahren. Während er sich auf dem Zubringer in die Kurve legt, nimmt er in etwa 40 Metern eine zusammengesunkene Gestalt wahr. Die beiden Mitinsassen bemerken die Gestalt erst, als der Wagen auf Reisegeschwindigkeit beschleunigt hat und man das zusammengesunkene Etwas am Straßenrand erreicht. Hier kauert eine Person auf dem gefährlichen Highway und hat nicht, wie beispielsweise in Europa, die Möglichkeit, auf einen Radweg oder Fußweg auszuweichen – so etwas ist hier in Thailand so gut wie unbekannt.

„Anhalten – stop – bitte sofort anhalten", ruft Mucky mit sich überschlagender Stimme.

„Da ist jemand auf der Straße in Lebensgefahr!" Und die Bremsen quietschen. Sie stürmt aus dem Auto und auf der anderen Seite die Erzieherin hinterher. Beide ergreifen je einen Arm der hockenden Person und ziehen diese aus der Gefahrenzone der vorbeirasenden Motorfahrzeuge an den äußersten Rand der Fahrbahn. Mucky und die Erzieherin mit Namen Tuckata (Puppe) lassen ganz plötzlich die Arme los, als würden die Arme brennen wie Feuer. Voller Schrecken bemerken sie nun die schmutzige ehemals goldgelbe Kutte, unter der sich nur ein Mönch verbergen kann. Und das ist es, was die junge Frau und das Mädchen geradezu in Panik versetzt. Ihre Erziehung hat sie gelehrt, als weibliches Wesen niemals einen Mönch anzufassen. Beide haben sich aber sofort wieder gefangen und rufen den Chauffeur, auch mit der Bitte, Trinkwasser und ein Handtuch mitzubringen. Der Fahrer hat den PKW ganz am Rande der Straße geparkt, fast schon ein wenig im Graben, die Warnanlage eingeschaltet und wenige Meter vor und hinter das Auto zur weiteren Sicherheit ein paar Zweige von Büschen gelegt, die dort rumlagen.

Schnellen Schrittes stürmt er heran, in der linken Hand das bunte Handtuch und in der rechten eine Zweiliterflasche stilles Wasser. Er weiß, dass er eigentlich sofort Muckys Vater anrufen müsste. Jede Unregelmäßigkeit während der Schulfahrten ist unverzüglich per Telefon zu melden – und wenn der Chef anordnet »sofort«, dann ist dieser Befehl auch ohne jede Verzögerung auszuführen. Das weiß der Fahrer, und der unmissverständliche Befehl des besorgten Vaters hämmert in seinem Kopf. Der Fahrer sieht wie in einem Traum bereits seinen Nachfolger – ein Geist setzt sich ans Steuer seiner Schullimousine.

Mucky bittet den Chauffeur, dem Mönch etwas zu trinken zu geben, was mit der großen Flasche gar nicht so einfach ist. Der Mönch richtet sich nach dem Trunk ein klein wenig auf. Der Fahrer kann nun das Gesicht waschen und mit dem Handtuch trocknen. Während die Erzieherin neues Wasser aus der großen Flasche auf eine Ecke des Handtuchs gießt, sieht der Mönch alle drei Personen dankbar an – spricht aber immer noch kein Wort. Mucky ergreift die Initiative und sagt mehr in einem liebevollen als befehlendem Tonfall – aber doch irgendwie keinen Widerspruch duldend – eine kleine energische Person:

„Bringen wir ihn ins Auto – er ist krank und wir nehmen ihn mit nach Hause."

Wie auf Kommando und geistesgegenwärtig, als hätte man sich zuvor abgesprochen, zieht die Erzieherin den linken Ärmel der Mönchskutte nach oben und Mucky wickelt das bunte Handtuch um den Unterarm und die Hand. Beide greifen mit all ihrer Kraft fest um das Handtuch herum, ohne den Arm direkt zu berühren und ziehen den Menschen mit Hilfe des Chauffeurs auf der anderen Seite, nach oben. So schleppen alle drei die Person in der Mönchskutte zum Auto, öffnen die hintere linke, dem Straßenverkehr abgewandte Seite (Thailand/Linksverkehr) und platzieren den Mönch auf die Hintersitze des Autos. Ein Anschnallen ist nicht möglich, da sich der Kranke oder Verunglückte sofort vor lauter Schwäche quer über alle drei Sitze legt. Mucky und die Erzieherin Tuckata drängen sich mit ihren zierlichen Körpern auf den Beifahrersitz links. Dort gehören sie auch hin –

»niemals dürfen Frauen neben einem Mönch sitzen«

– das gilt wie ein ungeschriebenes Gesetz in ganz Thailand und ist bekannt bei allen 69 Millionen Bürgern des Landes.

Die Limousine fährt sachte an und Mucky nimmt die Gelegenheit wahr, nunmehr einen Blick auf den »Anhalter«, dort hinten liegend auf den Rücksitzen, zu werfen. Sie dreht sich zu ihm um, so gut es geht, und ist sehr überrascht von dem, was sie sieht. Sie kann aber nur einen Teil der linken Gesichtshälfte erkennen – die Wangen sehr blass und eingefallen. Der Erzieherin zugewandt sagt sie in leisem Ton, ganz so, als wolle sie die Ruhe ihres Gastes im rückwärtigen Wagenfond, nicht stören:

„Tuckata, unser Mönch ist noch sehr jung!"

„Ja, ich hab's schon bemerkt – höchstens 28 oder 29 Jahre – so alt wie ich", bestätigt die junge Frau.

Noch eine kleine Kurve und das Riesentor des eindrucksvollsten Anwesens der gesamten Region Isaan öffnet sich. Dann sind es nur noch zwei Minuten im Schritttempo im Inneren des Grundstücks und das Fahrzeug hält mit seiner ungewöhnlichen Fracht vor' m Eingang des Herrenhauses.

In einiger Entfernung sehen die Ankömmlinge die vom Vater zum Aufmöbeln der Fahrzeuge eingeteilten Angestellten. Alle fünf kommen herangestürmt, nachdem der Chauffeur mehrmals kräftig auf die Hupe gedrückt hat. Auch aus dem Haus schießen weitere Bedienstete schnellen Schrittes heran. Was ist da los? Allen ist bewusst, dass da etwas Ungewöhnliches passiert sein muss.

„Wieder eine gefährliche Königskobra, die sich wie vor zwei Monaten irgendwo am Fahrzeug versteckt hat?", fragen sich alle.

Damals informierte man einen professionellen Schlangenfänger, der das Reptil einfing und fernab menschlicher Behausung wieder aussetzte. Die Schlange, vor der Buddha vor 2.500 Jahren unter einem großen Feigenbaum eine Woche lang meditiert haben soll, wird von den Thais meist nicht getötet.

Mucky, die Erzieherin und der Chauffeur sind schon aus dem Auto raus und haben drei Türen der Limousine weit geöffnet – zwei vorne und hinten rechts. Um diese Hintertür hat sich regelrecht eine Menschentraube gebildet und 24 aufgerissene Augen starren entsetzt auf die Person, die da bewegungslos auf den Rücksitzen liegt. Alle haben den gleichen Gedanken:

„Das gibt ja ein Geschrei, wenn der Chef das sieht – ein völlig verdreckter Mensch beschmutzt die teuren Sitze der Nobelkarosse. Der Fahrer und die Erzieherin müssen wohl nicht ganz bei Sinnen sein, einen fremden Mann zu der geliebten Tochter ins Auto zu lassen. Beide können sofort gehen und sich einen neuen Job suchen – das ist doch klar!"

Doch Mucky, das kleine siebenjährige Mädchen, übernimmt wie ganz selbstverständlich die Initiative, als sie hört, dass Vater und Mutter nicht zu Hause sind. Sie wendet sich sofort an den Verwalter und die Erzieherin und erklärend an die neugierigen Zuschauer:

„Dieser Mönch ist sehr krank – bringt schnell eine Bahre und tragt ihn vorsichtig in ein Gästezimmer. Ruft sofort Dr. Buntam, unseren Hausarzt, an – sagt, es ist sehr dringend. Und informiert auch Papa."

Als der Doktor der Familie hörte, dass die kranke Person ein Mönch sei und in welch bedauernswertem Zustand – völlig verdreckt – er sich befände, brachte er sogleich zwei männliche Krankenschwestern (Burut Payabaan) mit. Nachdem der Mönch notdürftig gesäubert worden war, begann der Hausarzt der Familie mit seiner Untersuchung.

Die Diagnose lautete: Keine echte Krankheit gefunden, völlige Entkräftung, Dehydrierung mit starker Erkältung sowie schmerzhaftem Husten, Ausscheidung und Erbrechen nach Verzehr von verdorbenem Essen, apathisch daliegender ausgemergelter männlicher Körper ohne Lebensenergie – auch wegen Mangels an Zuführung von Flüssigkeiten.

Die Therapie: Nach dem Duschen, mit Hilfe der beiden männlichen Krankenschwestern und Einreiben mit belebenden Ölen, ein wenig Essen von Kohlehydraten wie Reis mit etwas gekochtem Gemüse, nach einem Tag ein wenig Obst, viel Trinken und Tiefschlaf. Dazu gibt es eine einschläfernde Spritze und eine weitere Spritze mit Vitaminen.

Mucky bittet den Verwalter, die total verdreckte Kutte, die Unterhose aber auch die saubere Ersatzkutte und etwas Unterwäsche – gefunden in der Stoffumhängetasche, wie sie alle Mönche tragen – sicherheitshalber waschen zu lassen. Die Stofftasche mit einem kleinen Hut gegen die Sonne, bittet die Erzieherin mit der Hand zu waschen, nicht mit der Maschine. Die Erzieherin ergänzt noch, dass die beiden Mönchskutten nach dem Waschen auch gebügelt werden sollten. Den Inhalt der Stofftasche, eine kleine Geldbörse mit zwei Zwanzig-Baht-Scheinen, 35 Baht Hartgeld (insgesamt 2 Euro) und dem Thaiausweis (Bat Brachaschon) legt die Erzieherin auf das Nachtschränkchen neben das Doppelbett, in dem der Mönch nun tief, aber gleichmäßig atmend ruht. Zudem findet sie noch einen Briefumschlag, mit 25 bunten Bändchen (fai puk kän), wie sie Mönche zu verschenken pflegen und den bedachten Personen um die Handgelenke binden. Es sind geflochtene Bändchen aus den jeweiligen Tempeln der Mönche und gelten damit als von Buddha geweiht. In einem weiteren Briefumschlag liegen 12 kleine Anhänger (Lien), tiefgrün mit einem kleinen vergoldeten Buddha auf der Vorderseite. Die Erzieherin kann es nicht lassen – sie muss einen Blick auf den Thaiausweis werfen.

„Siehst du Mucky, ich hatte recht – gerade mal 27 Jahre alt!" [Geboren 2.538 (2.565 = heutige thailändische Jahreszahl, bezogen auf Buddhas Tod 457 v. Chr.)]

„Oh Tuckata, ich bin so froh, dass wir dem armen Mann helfen konnten. Hoffentlich schimpft der Papa nicht. Wir haben es doch gut gemeint, das muss er doch einsehen. Er ist immer so streng. Dabei habe ich ihn so lieb, aber manchmal verstehe ich nicht, wenn er so ernst ist oder sogar wütend. Können wir etwas essen, ich habe so großen Hunger und müde bin ich auch nach all der Aufregung."

Und beide ziehen leise die Tür hinter sich zu, während der Verwalter unaufgefordert ins Nebenzimmer geht – er hat wie ganz selbstverständlich die nächtliche Krankenwache übernommen.

Am nächsten Morgen ist eigentlich wieder alles wie sonst auch. Papa sitzt an seinem Riesentisch mit Wurst, Schinken, Käse und Rührei. Mutter, die Tochter und die Erzieherin blicken von ihrem Tischchen schräg gegenüber zu ihrem Familienoberhaupt. Die beiden Dienstmädchen trippeln wie auch sonst, freundlich lächelnd hin und her – voller Neugier, was denn der Chef zum gestrigen Abenteuer seines geliebten Kindes sagt. Es steht die Frage im Raume, ob nach einem zu erwartenden Wutausbruch zunächst der Chauffeur und die Erzieherin entlassen werden. Beide stehen im Rang und der Bezahlung über den zwei Dienstmädchen, was ihnen nicht immer Zuneigung entgegenbringen lässt. – Donnerlittchen, der Knall bleibt aus!

„Na Muckychen“, beginnt der Vater freundlich.

„Wie hast du geschlafen – und was macht dein Gast?“, kommt er sogleich auf das Wesentliche zu sprechen, ohne seine Ehefrau und die Erzieherin zu beachten. Das ist ungewöhnlich, da er normalerweise diese stets freundlich am Morgen begrüßt. Er handelt in diesem Falle wie es sonst stets bei Thais üblich ist, sich nämlich grußlos am Morgen zu begegnen und das jeweilige Tagwerk zu beginnen. Dies ist eigentlich nicht seine Art, er mag es nicht, dass in Thaihaushalten alle Personen, ohne sich anzusehen, mit geschlossenem Mund und halbgeöffneten Augen aneinander vorbeirennen.

„In deutschen Familien ist das nicht so. Es ist üblich und höflich, sich morgens freundlich zu begrüßen“, so doziert der Hausherr des Öfteren.

24

„Guten Morgen Papa", antwortet die Tochter, wie sie es von klein auf gelernt hat.

„Schön dass du wieder da bist. Habe sehr unruhig geschlafen – weiß gar nicht, wann ich träumte und wann ich wach, war. War gestern ein merkwürdiger Tag – du, Papa, hast mir sehr gefehlt. Aber unserem Mönch geht es schon viel besser. Der Verwalter, Tuckata und ich haben ihn heute Morgen bereits um 05.00 Uhr besucht."

"Aber Muckychen, was sagt dein Mönch denn? Was ist passiert – was ist ihm denn zugestoßen?"

„Ja, Papa, das ist ja das Eigenartige – er spricht nicht, kein Wort. Sieht uns immer nur mit seinen großen Augen an!"

„Mach dir keine Sorgen, Mucky. Fahrt ruhig zur Schule wie immer. Wir werden uns um »Buddhas Sohn« schon kümmern. Auch der Doktor kommt nochmal vorbei und sieht nach dem Rechten. Du brauchst dir wirklich keinerlei Sorgen zu machen, mein Kind."

Mucky und Tuckata machen einen »Wai« und wollen nach draußen. Doch plötzlich dreht sich die Tochter um und gibt Papa und der Mutter den üblichen Abschiedskuss auf die Wange.

Die nächsten Tage sind von einem hektischen Durcheinander des gesamten Personals gekennzeichnet. In ein paar Tagen hat die Tochter des »Deutschen« ihren achten Geburtstag – und dieser Ehrentag der geliebten Tochter soll ganz groß gefeiert werden. Alle wichtigen Personen und Würdenträger bis hinauf in die Nähe des Königshauses sind eingeladen.

Doch Mucky, die Tochter, hat überhaupt keinen Sinn für die kommende Großveranstaltung. Ihr Interesse ist nur ausgerichtet auf das Befinden des Mönches, das Spiel mit ihrer Beagle-Hündin »Zita« und die Gespräche mit ihrer Erzieherin Tuckata. Bisher galten ihre ersten Gedanken am Morgen und die letzten Gedanken am Abend immer dem Hündchen »Zita« und Tuckata. Der kleine Hund und die freundliche, so gescheite Erzieherin haben ihr kleines Herz erobert.

„Dies sind meine einzigen und wahren Freunde", sagt sie jeden Abend, wenn sie Buddha im Gebet um deren Wohlergehen bittet.

Drei Tage sind so nach dem Auffinden des Mönches vergangen. Dieser hat sich sehr schnell erholt und sitzt bereits zum zweiten Mal auf der riesigen Veranda des Hauses, die nach draußen an einen herrlichen Park grenzt. Hierher darf Mucky auch ihre Beagle-Hündin »Zita« mitnehmen. Ein leise murmelnder Bach und zwei Wasserfälle, umgeben von vielen Sträuchern und herrlichen Blumen, bilden den Mittelpunkt. Muckys Vater hat den Bach, der in der Nähe fließt, einfach umgeleitet und durch den Park hindurch geführt. Fische in vielen Farben tummeln sich im kristallklaren Wasser. Vögel verschiedener Gattung zwitschern in den Bäumen. Die Veranda ist an drei Seiten von 12 Meter hohen Wänden umgeben, an denen bis an die Dachrinnen heran Weinranken wachsen. Dahinter liegen Gästezimmer und Privaträume. Die vierte Seite ist offen zum Park. Überall befinden sich Lampen und weitere bunte Beleuchtungskörper, besonders an den Wegen, die den Park durchziehen. Es muss herrlich sein, sich hier abends oder bei Nacht aufzuhalten.

Mucky, Tuckata und der Mönch sitzen an einem in der Ecke stehenden rechteckigen schmalen Tisch − der Mönch an der Front und die beiden anderen links und rechts an seiner Seite. Auf dem Tisch stehen zwei Karaffen mit Trinkwasser und Obstsaft. Tuckata bedient die anderen beiden und gießt je zwei Gläser für jede Person ein Viertel voll. Die Erzieherin und das Mädchen trinken abwechselnd Wasser und Saft. Der

Mönch schiebt sein Saftglas ein wenig beiseite und trinkt nur etwas Wasser.

Mucky hat eines von drei Bilderalben geöffnet, die auf dem Tisch liegen und erklärt die Geschehnisse auf den Hochglanzfotos. Das Mädchen liebt farbige und Schwarzweiß-Bilder, die sie auch anfassen kann. All diesen elektronischen Kram, der am Betrachter viel zu schnell vorbeisaust, mag sie nicht. Voller Stolz berichtet sie von der schönen Reise, die sie während einiger Feiertage mit Papa und Mama machen durfte. Auch Tuckata war dabei und sogar »Zita« durfte mit ins Auto. Kein Hotel hatte Einwände gegen einen Hund – bei einem bekannten Gast wie dem »Deutschen« geht eben alles – und jedermann knuddelte mit dem freundlichen Tier.

Das kleine Mädchen berichtet ganz aufgeregt über ihre Reise. Die Familie besuchte die zweitgrößte Stadt Thailands, Chiang Mai, in der nördlichsten Provinz des Landes. Die herausragenden Erlebnisse waren der Besuch des von den Thais hoch verehrten Tempels »Wat Phra That Doi Suthep« – von den Thais »Doi Suthep« genannt – und der herrliche Tierpark. Unvergessen sind die vielen Treppenstufen zum Tempel hinauf, wohl über dreihundert und das Bekleben des Buddhas mit Plättchen aus reinem Gold, die man kaufen musste. Leider war Tuckata bei den Ausflügen nicht mit dabei, weil sie im Hotel »Zita« hüten musste. Und Mucky berichtet dem Mönch weiter, dass sie auch am Goldenen Dreieck in Mae Sai, 240 Kilometer entfernt von Chiang Mai, war. Thailand, Myanmar und Laos grenzen hier aneinander. Von der Aussichtsplattform hat man eine herrliche Sicht auf den großen, 6 Länder verbindenden ostasiatischen Strom – den etwa 4.500 Kilometer langen Mekong. Ein gewaltiger Fluss, der als der fünftlängste auf der Erde gilt.

Im Gesicht ganz rot wird Mucky vor Aufregung, als sie vom Besuch des laotischen Marktes berichtet, gelegen neben der Stadt Mae Sai.

„Das war schon ein tolles Erlebnis, zum ersten Mal in einem fremden Land zu sein. Nur ein paar Schritte an den Grenzposten vorbei, und schon hatte man Thailand verlassen und befand sich im Nachbarland Laos. Das war ganz einfach. Thailändische Bürger benötigen keinerlei Dokumente, aber andere Ausländer müssen ein Tagesvisum machen."

Und Mucky weist ganz stolz mit dem Zeigefinger auf ihren Anhänger am Hals. Ein ein Zentimeter großer Buddha, eingeprägt auf einer zwei Zentimeter hohen elliptischen Bronzeplatte mit grünem Hintergrund und vergoldeten Seitenrändern.

„Das ist mein kleiner Glücksbringer aus Laos (in Thailand »Prak« genannt). Und wie ich ihn bekam, ist ganz verwunderlich. Kommt da ganz plötzlich eine kleine alte Frau auf mich zu, drückt mir diesen Buddha in die Hand – und sagt:

„Shok dee, khaa", (alles Gute), dreht sich um und verschwindet in der Menschenmenge.

Das ging alles so schnell, dass ich nicht Mal »Danke« sagen konnte. Allzu gerne hätte ich ihr zumindest 200 oder 300 Baht gegeben, wie es auch in jedem Tempel üblich ist, falls man einen kleinen Buddha für sich oder zum Verschenken erwirbt.

Und das kleine Mädchen bemerkt zum ersten Mal eine Regung im sonst so ernsten Gesicht ihres buddhistischen Gastes. Der Mönch lächelt vielsagend, geradezu etwas schmunzelnd – ganz so, als habe ihn die Geschichte mit dem kleinen geschenkten Buddha besonders angesprochen. Und er könnte sicherlich eine ganze Menge mehr dazu sagen – aber er spricht nicht.

Noch während er so auf die Fotos schaut und die auf dem Stuhl neben ihm liegende »Zita« streichelt, springt er ohne Ankündigung hoch. In einem gewaltigen Satz weiter Richtung Wand – macht er sich ganz lang, reißt die Arme nach oben und fängt mit den geöffneten Händen etwas von oben Fallendes auf. »Zita« hat sich vor Schreck auf ihrem Stuhl hingesetzt. Der Mönch nimmt wieder am Tisch Platz und legt ganz langsam und vorsichtig Arme und Hände auf die Marmoroberfläche. Er blickt auf seine geschlossenen Hände und lächelt wie zuvor.

Mucky und Tuckata sind aufgesprungen und können es vor Neugier gar nicht mehr aushalten.

„Was ist da in den Händen des Mönches?", fragen sie sich. Sie haben beide, trotz der Geschwindigkeit des Fangvorganges an der Hauswand mitbekommen, dass irgendetwas Ungewöhnliches geschehen ist. Auch »Zita« macht Männchen – was ist da los?

Der Mönch nimmt die linke Hand beiseite. In seiner rechten Innenhand liegt, wie in einer beschützenden Schale, ein kleiner Vogel – nackend, ohne Haare und Federn, aber mit großem Schnabel (Nock ka-dchok, vergleichbar dem deutschen Spatz). »Zita« blickt über die Tischplatte, macht aber keinen Piep. Auch Mucky und Tuckata sagen nichts – stehen, wie zuvor, links und rechts vom Tisch – die Münder geöffnet.

Der kleine Vogel liegt regungslos in der offenen Hand wie in einem Nest, wirkt aber völlig verängstigt. Daraufhin führt der Mönch die rechte Hand mit dem Vögelchen an seinen Mund und bläst drei Mal seinen warmen Atem auf das klitzekleine Tierchen. Und, oh Wunder, das hat geholfen! Als der Mönch, die zum Nest geformte Hand wieder auf die Tischplatte legt, regt sich der kleine, so hilflos aussehende Körper. Er kuschelt sich in die Handschale ein, wackelt ein wenig mit den so ärmlich aussehenden Flügeln und gibt einen fast unhörbaren Piepton von sich. Ganz so, als wolle er sich für den lebensspendenden warmen Atem des Mönches bedanken.

Nachdem alle drei sprachlos den kleinen Körper in der geöffneten Hand des Mönches betrachten, fängt sich Mucky als erste.

„Papa wird sich freuen – ein neues Familienmitglied."

Und Tuckata ergänzt:

„Was soll der Vogel essen – was soll der Vogel trinken und wo soll er wohnen?"

Mucky sieht die befreundete Erzieherin mit großen Augen an – springt plötzlich auf und saust ins Haus. Derweil macht »Zita« immer noch Männchen und blickt wie entgeistert über die Tischplatte auf die weiterhin zum Nest geformte Hand des Mönches. Der Beagle kann das Vögelchen natürlich nicht sehen. Aber die besonders scharfe Nase des Hundes sagt ihm, dass sich in der Hand ein Tier befindet. Jäger aus Nordeuropa berichten, dass Beagle sofort wissen, in welche Richtung ein Hase über einen verschneiten Waldweg gelaufen ist, obwohl der Hund den Hasen vorher nicht gesehen hat.

Und es ist ganz ungewöhnlich, dass ein Superjagdhund wie ein Beagle nicht bellt und auch nicht knurrt. Dabei liegen die mit Krallen bestückten Vorderpfoten immer noch auf der Tischkante. Dieser Zustand hat sich auch nicht geändert, als Mucky nach etwa zwei Minuten schnellen Schrittes zurückkommt. Das kleine Mädchen trägt mit beiden Händen einen Wäschekorb, den sie mit einiger Mühe auf den Tisch stellt. Den Plastikkorb hat sie Innen in aller Eile mit einer braunen flauschigen Decke ausgelegt. Man sieht sofort, dass noch weitere Utensilien im Korb liegen. Ohne weiter zu überlegen legt sie eine kleine rosa Plastikschüssel, eine Packung Zahnstocher und einen Plastikteelöffel auf den Tisch.

Zuletzt hebt sie, nicht ganz ohne Stolz, ein Glas Babynahrung in die Höhe, Essen für ein Kleinkind aus der Familie der Mutter, das öfters mit den Eltern zu Besuch mitgebracht wird.

Alles breitet sie auf einem Handtuch direkt neben der geöffneten Mönchshand mit dem Vögelchen aus. Und ohne jede Absprache wissen alle drei Personen sofort, was zu tun ist. Mucky öffnet das mitgebrachte Glas, schüttet etwas Pulver heraus und macht unter Zugabe von Wasser einen Brei. Der Mönch legt den kleinen Vogel auf das Handtuch. Tuckata hält vorsichtig den winzigen Körper und öffnet seinen Schnabel. Der Mönch ergreift einen Zahnstocher und gibt damit ein wenig von Mucky zubereiteten Kinderbrei hinein. Das macht er zwei Mal. Nach einer kurzen Pause tropft der Mönch mithilfe eines weiteren Zahnstochers etwas Trinkwasser in den kleinen Schnabel.

Alle drei Personen wirken nach dieser ungewöhnlichen Beschäftigung ein wenig erschöpft − aber auf der anderen Seite auch wiederum erstaunt über sich selbst, dass sie die Aufgabe Hand in Hand, ohne jede Absprache, so gut gelöst haben. Auch das Vögelchen ist geschafft − liegt wie Tod auf dem Handtuch.

Während Tuckata »Zita« in den Arm nimmt und in ihren übergroßen Hundezwinger bringt, formt Mucky mit der braunen Decke ein Nest im Wäschekorb, und der Mönch legt den kleinen Vogel hinein.

Am nächsten Morgen sitzen Vater, Mutter, Tochter und die Erzieherin wieder beim Frühstück − aber heute ist etwas anders. Links neben Mucky befindet sich jetzt ein weiterer Stuhl − und auf diesem Stuhl steht eine rote Plastikwaschschüssel − etwa 12 Zentimeter hoch mit 40 Zentimetern Durchmesser.

Der »Deutsche« beginnt wie sonst auch das morgendliche Gespräch, aber an diesem Tag etwas abgewandelt:

„Guten Morgen, meine Lieben. Ich hoffe, ihr habt gut geschlafen und bei euch ist alles zum Bestens. Ich dagegen, bin gar nicht zufrieden − kann überhaupt nicht begreifen wie schnell die Zeit vergeht − schon wieder fast ein Monat rum. Man wird älter und älter und kann nichts dagegen tun. Nur mein Töchterchen hält mich davon ab, richtig alt zu werden. Mein Muckychen, mein Sonnenschein schützt mich, häufig zu verzweifeln, wenn Handwerker, Mieter meiner Condominien und Behörden gegen mich arbeiten.

Sag, Muckychen, hast du für deinen Papa wieder eine liebevolle Überraschung bereit? Hab schon, was läuten hören!"

„Ja Papa, ich wollte dich tatsächlich überraschen. Ich habe etwas sehr Schönes erlebt. Und du weißt, ich bin erst richtig glücklich über das Erlebte, wenn ich auch mein Glück mit dir teilen kann!"

Es ist schon erstaunlich und für jedermann sichtbar − Papa und Tochter lieben sich − können anscheinend gar nicht mehr ohne einander. »Doch wo bleibt die Mutter?«, fragen sich alle.

Mucky steht vom Tisch auf, nimmt die rote Plastikschüssel in beide Hände, geht zum großen Esstisch rüber und präsentiert dem Vater den Inhalt. Dabei wirkt die knallrote Schüssel wie ein großer Farbtupfer auf der blau-weißen Schuluniform des kleinen Mädchens. Der Vater wirft neugierig einen Blick in die Schüssel und stutzt − denn das Petzen der Dienerschaft war zumindest bis zu diesem Moment unklar. Er hatte nur verstanden, dass das Kind wieder etwas anschleppen würde, mehr nicht. Dem Vater liegt auf der Zunge, erstaunt zu fragen, was denn das für eine

»Kröte« in der Schüssel sei. Doch im letzten Moment formuliert er um:

„Ach Muckychen, was ist denn das?"

„Ja Papa, das ist ein kleines von unserem Schöpfer gespendetes Wesen – ein kleiner hilfloser Vogel. Und unser Mönch hat dem Vögelchen das Leben gerettet, als es aus dem Nest fiel und 12 Meter herunterstürzte."

„Donnerwetter, dass der kranke Mönch so was schafft", erwidert der Vater und ist ganz erstaunt.

„Wir ernähren den kleinen Vogel im Augenblick mit Babynahrung aus unserem Kühlschrank. Das ist aber sehr kompliziert und geht nur mit einem Zahnstocher, ebenso verabreichen wir auch das Trinkwasser. Noch eine Bitte Papa:

Lass heute den Verwalter mit uns zur Schule fahren. Der kleine Vogel ist nun ohne Mutter und Geschwister unter uns Menschen. Er braucht Gesellschaft und fürchtet sich allein zu sein. Heute Nacht schlief er auf meinem warmen Bauch. Es wäre schön, wenn Tuckata hierbleibt und sich um unser neues Familienmitglied kümmert."

Der Vater gibt sofort Anweisung, so zu verfahren, wie die Tochter es wünscht. Zusätzlich soll Tuckata Dr. Buntam zu ihm schicken, sobald er bei dem Mönch war. Er möchte sich über den Genesungsfortgang des ungewöhnlichen Patienten informieren.

Die Familie des superreichen Deutschen sitzt am nächsten Tag wieder beim Frühstück. Dabei fragt sich der Hausvorstand, ob das heutige gemeinsame morgendliche Beisammensein möglicherweise ohne Überraschungen verläuft. Und die Überraschung ist schon da! Mucky hat wieder dafür gesorgt. Sie hat zwischen die beiden Esstische eine Bastmatte gelegt, auf der der Mönch sitzt. Mucky und Tuckata haben seine Bedienung selbst übernommen. Im Gegensatz zu dem üppigen Frühstück der anderen steht vor dem Mönch nur eine Schale mit gekochtem Reis und ein Glas Trinkwasser aus dem Wasserhahn. Der Mönch isst seinen Brei mit einem Löffel und trinkt ein halbes Glas Wasser. Danach sitzt er eine ganze Minute völlig regungslos, in sich versunken da. Er bewegt sich auch nicht als der Verwalter hereinkommt und einen nagelneuen prall gefüllten Rucksack nebst Sandalen neben die Matte des Mönches stellt. Mucky und Tuckata haben den Rucksack zusammen mit der Köchin gefüllt mit Lebensmitteln, Obst, Gebäck und alkoholfreien Getränken. Im Nebenfach liegt eine größere Summe Geld. Mucky hat um 10.000 Baht gebeten und von ihrem Vater auch sofort bekommen. Nun ist es aber so, dass dieser Vater ohne sichtbare Gegenleistung niemals Geld für einen Mönch hätte. Er weiß aber, dass er seiner Tochter mit dieser Großzügigkeit eine übergroße Freude bereitet, was seine Geldgabe in diesem Falle rechtfertigt.

Der Mönch beendet die Phase des Insichgehens, steht auf und streicht seine gewaschene und geplättete, nun goldgelblichbraun schimmernde Kutte, glatt. Er hängt seine Stofftasche um und sieht sekundenlang den »Deutschen« an – der Gesichtsausdruck des Mönches ist ernst. Ohne den vollen Rucksack zu beachten, dreht er sich um und geht hinüber zu den drei Thais. Jetzt ist sein freundliches Lächeln zurückgekehrt. Die Mutter, die Tochter und die Erzieherin sind aufgestanden und sehen den Mönch an. Er greift in seine Stofftasche, holt drei seiner bunten geflochtenen Mönchsbändchen heraus und bindet sie um die Handgelenke der drei Stehenden. Er beginnt mit der Mutter. Zum Schluss nimmt er zwei Anhänger mit kleinen Buddhas, die er schon in der Tasche seiner Kutte hatte und drückt je einen in die Hand von Mucky und Tuckata.

Danach sieht er die beiden sekundenlang freundlich lächelnd an, dreht sich um und geht barfuß nach draußen. Die nagelneuen teuren Ledersandalen und den Rucksack würdigt er keines Blickes. Mucky und Tuckata gehen hinterher und begleiten ihren scheidenden Gast bis ans große Tor, das automatisch öffnet. Der Mönch schreitet in Richtung Schnellstraße, ohne sich noch einmal umzusehen.

Heute ist der große Tag. Die Tochter des »Deutschen«, von allen liebevoll Mucky genannt, wird acht Jahre alt. 50 ausgesuchte Gäste mit ihren Ehefrauen oder weiblichen Begleiterinnen sind bereits gestern angereist. Sie wurden untergebracht in Luxusappartements, gelegen unmittelbar neben dem Herrenhaus. Einflussreiche Politiker, hohe beamtete Würdenträger, die drei ranghöchsten Generale – Heer, Luftwaffe, Marine – Professoren, zwei Oberste als Vertreter der Polizei, zwei gesandte Mönche (Prak-Adjaan) des »Wat Prakäo« (Bangkok) und des »Doi Suthep (Chiang Mai), den höchsten Heiligtümern der Thais und die drei superreichen Besitzer von Handelsketten und Fabriken.

Alle Bürgermeister (pujai) der Region, wären auch allzu gern zu diesem gesellschaftlichen Großereignis gekommen, zum Treffen der thailändischen Elite. Eingeladen wurde aber nur der leitende Bürgermeister der 13 Einzelgemeinden des unmittelbaren Umkreises (gamnan) mit seiner Ehefrau und dem 27-jährigen Sohn, mit Namen Vila. Vila spricht sehr gut Englisch und perfekt Thai. Er fungiert als Moderator und führt durch die heutige Veranstaltung. Die Gäste kommen aus vielen Provinzen – Nord, Süd, Ost, West und Mitte. Die vielfältigen unterschiedlichen Dialekte werden so vereinigt durch das sogenannte Bangkok-Thai – der offiziellen Sprache des Landes. Vila spricht so, wie man es an allen Schulen lehrt und wird deshalb wohl von jedem gut verstanden werden.

Alle 104 Personen sitzen in drei Reihen in der Form eines großen Rechteckes. Ganz oben an der Tafel sind platziert der Vater, das Geburtstagskind und die Mutter, auf die gesamte Tafel blickend.

Rechts von den Dreien befinden sich die beiden vom »Wat Prakäo« und »Doi Suthep« gesendeten Mönche. Links von der Mutter hat man die drei höchsten Würdenträger der gesamten Region Isaan gesetzt. Die Erzieherin Tuckata hat rechts oben an der Tafel den 1. Platz erhalten. Sie hat somit stets Blickkontakt mit Mucky und das Geburtstagskind fühlt sich nicht ganz so verloren zwischen Uniformen, Rangabzeichen und Orden.

Die Gäste hatten soeben ein üppiges Mal, an der mit allen thailändischen und internationalen Spezialitäten überreich ausgestatteten Tafel. Vila, der Bürgermeistersohn, sagt die bekannteste Sängerin des Isaan an und einen Popstar aus den USA. Gesungen werden zwei Volkslieder (Moalam) im Dialekt des Isaan und zwei poppige Schnulzen aus der Jugendzeit des Gastgebers in englischer Sprache. Alle vier Gesangsvorträge werden von der international besetzten Band begleitet, die sich im Hintergrund der Bühne befindet.

Nach den Gesangvorträgen, bedacht mit großem Applaus, meldet sich wieder der Bürgermeistersohn über Mikrofon zu Wort.

„Liebe, verehrte Gäste, wir kommen zum heutigen Höhepunkt unseres schönen Festes. Bitte richten sie ihr Augenmerk auf die große Leinwand rechts hinter mir.‟

Und nach einem Standbild mit der einladenden Familie – Vater, Mutter und Tochter vor dem Tempel »Doi Suthep« in Chiang Mai, werden sogleich Originalbilder über Fernsehkameras von draußen hereingespielt.

Vor dem Herrenhaus haben sich alle Bediensteten des »Deutschen« in Reih und Glied aufgestellt – eine lange Reihe in sonntäglicher Dienstkleidung. Vater, Mutter und das Geburtstagskind stehen ihnen gegenüber – sie hatten sich bereits zum Ende der Liedervorträge fast unbemerkt von der Tafel entfernt.

Die internationale Band spielt einen großen Tusch, wie es in Europa üblich ist, etwas Wichtiges anzukündigen. Der Tusch ist laut, auch draußen zu hören, und leitet den Ablauf der folgenden Ereignisse ein:

Hinter einem etwa zwei Meter hohen Sichtschutz tritt das Geburtstagsgeschenk hervor. Der neu eingestellte Reitlehrer führt am Halfter eine herrliche Pferdestute aus der Rasse der Islandpferde. Das Pferd ist zierlich mit hellbrauner Farbe und einer goldgelben übergroßen Mähne. Vorne am Kopf hat es eine weiße Blesse und auch die Vorderfersen sind weis. Die Stute geht ganz ruhig an der kurz gehaltenen Führleine. Die fremden Menschen scheinen das Tier gar nicht zu stören, genauso wenig wie der bräunlich glänzende Ledersattel mit mehreren schwarzen und goldenen Verzierungen.

Jetzt beugt sich der Vater nach unten, so das Mucky ihm einen Kuss auf die Wange drücken kann. Dann nimmt er die Tochter an die Hand und geht die noch fehlenden drei Schritte zum Geburtstagsgeschenk. Der Vater ergreift die Zügel des herrlichen Pferdes und legt sie in die Hände des Geburtstagskindes. Mucky hält mit der linken Hand die Zügel und streichelt mit der rechten die Blesse des Pferdes. Sie schaut in die Augen des Tieres und jeder sieht, dass hier sofort eine Freundschaft geschlossen wird – denn das stolze Tier bewegt sich nicht ein bisschen.

Drinnen an der Tafel brandet tosender Beifall – denn die verbliebenen 100 Personen erleben die Geburtstagszeremonie mit, an der übergroßen

Fernsehleinwand. Alle, bis auf die beiden Mönche sind aufgestanden und klatschen mit verzücktem Blick.

Auch draußen ist der Beifall zu hören. Es hat den Anschein, als hätte Tuckata ein wenig auf das Abflauen der Beifallsgeräusche gewartet, denn auch die Dienerschaft klatscht. Die freundliche Erzieherin geht daraufhin zu Mucky hinüber. Beide ergreifen die Zügel des Pferdes, beschreiben zusammen mit der Stute einen Kreis von etwa 30 Metern Durchmesser und führen dann das Tier zurück zum Vater. Sogleich übernimmt wieder der Reitlehrer das Prachtpferd und führt es in eine ganz in der Nähe neu errichtete Stallung.

Vater, Mutter, Tochter und Tuckata begeben sich wieder nach drinnen zu den Gästen. Die Dienerschaft verschwindet ohne Aufforderung in Richtung ihrer Arbeitsplätze. Und an die Gäste gerichtet kündigt der Bürgermeistersohn Vila in Thai und in Englisch eine 45 minütige Pause an, mit dem Hinweis, wo die Erfrischungsräume zu finden sind.

Während der Pause hat die Dienerschaft die Tische der übergroßen Tafel neu geschmückt. Alle Personen sind aufgestanden und viele stehen, sich unterhaltend in kleinen Gruppen beisammen. Ausgewähltes Personal reicht auf Tabletts Gläser mit gekühltem Champagner oder bringt auf Wunsch auch andere Getränke herbei. Die Dammasttischdecken sind alle gewechselt. Die Blumengestecke wurden neu arrangiert. Alle Tische biegen sich unter Flaschen mit erlesenen Weinen. Dazu gibt es Whisky, Brandy, Wermut und jede Menge spezielle Wässer und Obstsäfte mit weiterem Alkoholischem und Nichtalkoholischem. Kekse, Kräcker und Obst aus aller Herren Länder vervollständigen die Auswahl.

Eine gute Stunde ist vergangen und alle Personen haben wieder ihre Plätze eingenommen. Ohne besondere Aufforderung treten das Geburtstagskind, die Mutter und die Erzieherin vor die beiden Mönche. Alle drei knien sich auf die gefliese Erde – Mucki in der Mitte – und machen den thailändischen »Wai«. Während die beiden Würdenträger der heiligsten Stätten abwechselnd zu ihnen sprechen, bespritzen sie die Knieenden immer wieder mit geweihtem Wasser, das sich in einem Teller vor ihnen auf dem Tisch befindet. Das machen sie mit einem Büschel, das so aussieht wie eine gebundene Rute. Während die Mönche in ihrer Mönchssprache (Pali) sprechen, das ist die Sprache aus der Gegend von Buddhas Geburt in Nepal/Vorderindien, sitzen die übrigen 100 Personen, auch die Augen nach unten geschlagen, mit dem »Wai«. Nur der Gastgeber weiß nicht so richtig was er machen soll, hält dann aber doch beide Handflächen gegeneinandergedrückt vor der Brust, weil alle anderen das auch machen.

Nach drei Minuten sind die Mönche fertig. Die Knieenden stehen auf und treten vor die beiden Würdenträger ihrer Tempel – immer noch die Hände vor'm Gesicht und die Augen niedergeschlagen. Da sagt die Erzieherin Tuckata an die Mönche gerichtet:

„Mucky bittet um ein geweihtes Freundschaftsbändchen aus euren heiligen Tempeln."

Die Mönche greifen in ihre Stoffumhängetaschen, die sie nicht abgelegt haben. Nacheinander binden sie den drei je ein Bändchen um das Handgelenk. Man merkt, dass sie ein wenig erstaunt sind, weil alle drei bereits ein Mönchsbändchen tragen. Die Mutter, Mucky und Tuckata blicken auf die unterschiedlichen Bändchen an ihrem Handgelenk, bedanken sich höflich mit einem »Kop Khun Khaa« und gehen zu ihren Plätzen.

Nach einigen Minuten meldet sich wieder der Moderator Vila. Er kündigt, den neben der Mutter sitzenden ranghohen Vertreter der Region Isaan an. Dieser erhebt sich von seinem Sitz und sieht sich noch einmal im Saale um, bevor er zu sprechen beginnt:

„Sehr verehrte Familie Muxeneder, im Namen aller Anwesenden bedanke ich mich für die Einladung zu diesem schönen Fest. Ganz besonders möchte ich der Tochter Mugda zu ihrem achten Geburtstag gratulieren. Wir alle wünschen dir, liebe Mucky, für dein neues Lebensjahr viel Erfolg und dazu Gesundheit und alles Glück dieser Erde. Mögest du viel Freude und schöne Erlebnisse haben, wenn du mit deiner Islandstute durch unser herrliches Thailand reitest. Ich wünsche allen Anwesenden weitere schöne Stunden. Genießen sie auch die Möglichkeit, sich unter Freunden während des heutigen Treffens, wieder einmal richtig auszusprechen."

Nachdem der Applaus verhallt ist und alle Gelegenheit hatten etwas zu trinken, kündigt Vila den Gastgeber an. Muckys Vater erhebt sich, blickt noch einmal rundum auf die Personen an den Tischen und beginnt:

„Sehr verehrte Mönche des Wat Prakäo und Doi Suthep, sehr verehrte Gäste. Im Namen meiner Familie und ganz besonders im Namen des Geburtstagskindes Mugda bedanke ich mich recht herzlich für euer Kommen. Es ist für uns sehr erfreulich, dass ihr alle noch vier Wochen vor dem Neuen Jahr 2.565 (Thai-Buddha-Kalender) (2.022 n. Chr.) die Zeit für diesen Besuch hattet. Es ist sehr schön, dass wir Gelegenheit haben uns auch mal wieder richtig auszusprechen.

In Zeiten der Corona-Krise laufen unsere Geschäfte schlecht und die Menschen leiden. Auch ich musste eine ganze Reihe von bewährten Mitarbeitern entlassen – »Gesundschrumpfen« lautet das derzeitige Motto. Glücklicherweise hat unsere Regierung aber für solche Fälle vorgesorgt und kann den Familien der Arbeitslosen durch Unterstützung helfen. Wie lange das gut geht, weiß ich nicht. Ich selbst werde mich natürlich in Zukunft auch weiterhin für den erneuten wirtschaftlichen Aufschwung im Isaan und besonders in meiner Provinz einsetzen.

Das tue ich gerne, obwohl mir zu Ohren gekommen ist, dass ich den Nicknamen (Nam Len) »Schwein« erhalten habe und auch so landauf landab in der Bevölkerung genannt werde. Zunächst war ich darüber sehr bekümmert, denn in meiner Heimat Deutschland ist das Wort »Schwein« ein böses Schimpfwort. Und ich konnte mir das zunächst gar nicht erklären, denn ich bin sehr sozial eingestellt – bezahle meine Arbeiterschaft gut und erwarte deshalb auch Dankbarkeit. Gebe ihnen sogar manchmal zinsgünstige Darlehen. Nun habe ich mir aber erklären lassen, dass »Schwein« in Thailand kein Schimpfwort ist und viele Personen dieses Wort als Spitznamen haben – und liebevoll »Schwein« gerufen werden.

Hinzu kommt, dass ich auch vom chinesischen Horoskop her ein Schwein bin. Somit fühle ich mich keineswegs diskriminiert. Das Gegenteil ist der Fall – ich fühle mich jetzt geradezu geehrt, so genannt zu werden.

Im Übrigen ist mein gesamtes Augenmerk darauf ausgerichtet, die Region Isaan zu stärken.

Nicht von Ungefähr kommt es, dass ich mir die Branche Altteileverwertung ausgesucht habe. Das liegt schon lange in der Familie. Denn bereits mein Großvater, väterlicherseits war ein großer Schrotthändler in der deutschen Hafenstadt Bremen.

Auch mein Großvater mütterlicherseits hatte ein ausgefallenes Gewerbe. Er war Eigentümer und Direktor eines bekannten Zirkus mit vielen Tieren. So ist es wohl gar nicht verwunderlich, dass ich jede Nacht von diesem Zirkus träume. Ich befinde mich in der Zirkuskuppel in schwindelnden Höhen hoch oben im Trapez. Ich schwinge hin und her, mich nur an den

Kniekehlen der umgeklappten Beine haltend mit dem Kopf nach unten. An meinen Händen halte ich die Hände eines wunderschönen Thaimädchens mit glitzerndem Kostüm und pechschwarzen Haaren. Der Traum kommt plötzlich und geht auch wieder – und ich empfinde keine Angst, obwohl unter uns sich kein Netz befindet. Ich träume sonst nie – nur immer wieder dieser Traum auf dem hin und her schwingenden Trapez – und ich kann nichts dagegen tun!

Nun zu dir, mein allerliebstes Kind, mein liebes Muckylein", und er wendet sich seiner Tochter zu.

„Ich darf dir sagen, dass das Geburtstagsgeschenk aller Gäste an dich 635.300 Baht, also mehr als eine halbe Million beträgt. Das sind pro Person im Schnitt 6.000 Baht, wofür ich allen Gästen recht herzlich danke.

Du weißt, Muckychen, dass Geldgeschenke zum Geburtstag in Thailand meist noch unüblich sind. Als ich den Geburtstagsgästen allerdings erklärte, wofür du, Mucky, das Geld verwenden möchtest, waren aber alle von deiner Idee sehr angetan.

Die gesamte Summe werde ich unverzüglich auf dein Bankkonto, zugunsten hungernder Kinder in der ganzen Welt, überweisen, für die du ja ein großes Herz hast.

Das Geschenk von Mama und mir hat nun nicht 600.000 Baht gekostet, aber immerhin etwa 555.000 Baht – das sind 15.000 Euro – und wir haben nicht gespart. Die Islandstute ist ein Pferdchen aus der bekanntesten Isländerzucht in Europa – und ich hoffe, dass du daran viel Freude haben wirst.

Allen Gästen wünsche ich weiterhin frohe Stunden, und ich hoffe, dass wir uns bei ähnlicher Gelegenheit, gesund wiedersehen."

Der Gastgeber mit dem Spitznamen das »Schwein«
erhält tosenden Beifall und der Bürgermeistersohn Vila
führt weiter durchs Programm.

Das Schwein »liebt« in Australien

Die Tür geht auf und herein treten Mutter und Tochter.
Zu öffnen war nur ein unscheinbares, 75 Zentimeter
breites und 160 Zentimeter hohes Türchen. Der
Gesamttürrahmen ist dagegen ein 3,5 x 4 Meter mit
Schelllack poliertes Holztafelgebilde in Rechteckform –
sehr schön und sehr teuer aus Nussbaum mit biblischen
Motiven verziert. Man merkt, dass hier zwei
Raumeinheiten sicher und schalldicht voneinander
getrennt werden sollen – nur verbunden durch diese
mehr als geheim zu bezeichnende
Durchgangsmöglichkeit mit dem unscheinbaren
Türchen. Und so ist es auch tatsächlich – dies ist die
einzige Verbindung zwischen der »Präsidentensuite«
und der »Goldregensuite« des vornehmsten
australischen Hotels in Melbourne.

Man könnte meinen, Mutter und Tochter wären
geradezu geblendet von dem Pomp und Reichtum, der
sie umgibt. Überall prächtige, zum Teil protzige Möbel
– Sofas, Sessel, Tische, aber auch Kleinmöbel wie
niedliche Beistelltischchen mit Blumengestecken und
ein zierliches wie ein Juwel auffallendes
Schreibtischchen mit vielen gedrechselten Puppen und
einem geradezu fürstlichen Scherenstuhl mit geprägtem
Ledersitz davor – Deutsche Gründerzeit um 1880 –
geprägt mit dem Wappen eines Grafen. Aber auffällig:
An der Wand über dem Tischchen hängt ein echter
Picasso – ein gewollter oder ungewollter Stilbruch,
wenn man bedenkt, dass fast die gesamte Einrichtung
aus Antiquitäten des 18. und 19. Jahrhunderts besteht.
Farbenfrohe Perserteppiche- und Brücken kommen erst

richtig zur Geltung, wenn man den Kontrast zu den tiefschwarzen, sehr teuer aussehenden Bodenfliesen berücksichtigt. Es handelt sich hier um ein geradezu außergewöhnliches Design – denn alle Bodenplatten sind von echten Goldfäden durchwirkt. Schwere Kristalllüster und etliche Steh- und Wandlampen leuchten den riesigen Raum optimal aus. Ecken, Nischen und die gewellte hohe Decke geben dem übergroßen Raum trotz seiner ungewöhnlichen Ausmaße einen behaglichen wohnlichen Komfort. Nicht zuletzt tragen auch die überhohen Wolkenstores, abgesetzt mit Samtvorhängen vor den mit Rollläden geschlossenen Fenstern zum vorgefundenen Ambiente bei – behagliche Wohnlichkeit trotz zur Schau gestellten Reichtums. Die Räumlichkeiten tragen nicht umsonst den weltweit bekannten Namen – »Goldregensuite« – auch würdig das Kleinod eines milliardenschweren Ölscheichs zu sein.

Mutter und Tochter ziehen hinter sich das Geheimtürchen zu, das mit einem metallischen Klicken ins Schloss fällt. Erstaunlich – beide Personen scheinen für ihre außergewöhnliche Umgebung gar kein Auge zu haben. Persönchen sollte man lieber sagen, denn Mutter und Tochter fallen geradezu auf in ihrer protzigen Umgebung, denn beider Körperbau ist mit »äußerst zierlich« zu beschreiben. Unbeeindruckt trippeln sie auf ihren Pantöffelchen mit erhöhtem Absatz schnurstracks durch den Riesenraum und man könnte denken, dass sie die Strecke nicht zum ersten Mal zurücklegen. Wie ganz selbstverständlich öffnen sie auf der anderen Seite einen Brokatvorhang und treten in den Salon ein. Eine antike Uhr schlägt sieben Mal – der Gong sagt, es ist Punkt 19.00 Uhr.

Ganz plötzlich kommt Bewegung in Mutter und Tochter. Mit dem Schrei:

„Papa, Papa", wie aus einem Mund stürzen sie in Richtung des Mannes, der ihnen gegenüber auf einem Wohnzimmerstuhl unmittelbar an einem stabilen Tisch sitzt.

Was ist das für ein Mann, der von den beiden Ankömmlingen liebevoll »Papa« gerufen wird? Er ist gekleidet in einen bläulich goldgelb und sehr teuer aussehenden Morgenmantel aus reiner Seide. Auf der linken Brustseite prangt ein feuerspeiender Drache. Und, wenn man einen Bezug von diesem Mann zum gefährlichen Drachen herstellen wollte, hätte man sicher Schwierigkeiten. Denn in Wirklichkeit sitzt auf dem Stuhl keineswegs eine amtsheischende, schon von der Statur her imponierende Persönlichkeit – im Gegenteil:

„Ein überaus fettes, verfressenes Kerlchen", wäre eine bessere und zutreffendere Beschreibung. Obwohl die Person sitzt, kann man, ohne Wahrsager zu sein, sagen:

„Hier befindet sich jemand, der noch niemals etwas von der weltweiten Ärzteforderung nach sportlicher Betätigung und kalorienbewusster ausgewogener Ernährung gehört hat. Auch der BMI, der Body Mass Index scheint hier unbekannt zu sein. 107 Kilogramm Körpergewicht bei nur 170 Zentimeter Körpergröße lassen nichts Gutes erahnen und sind ein nicht zu übersehender Warnhinweis für starkes Übergewicht. Ein errechneter BMI von 37 weist unübersehbar darauf hin, dass auf dem Stuhl ein hochgradig verfetteter, wohl als Folge auch gesundheitlich angegriffener, männlicher Mensch sitzt. Noch zu akzeptieren wäre ein BMI von 24,9 mit der bereits im oberen Bereich liegenden noch zugelassenen Obergrenze von 72,2 Kilogramm im Normalgewichtsbereich.

Also insgesamt etwa 35 Kilogramm sind zu viel!

Dabei versucht er seine körperlichen Nachteile durch seine Mimik zu überspielen. Die beiden Besucher werden empfangen durch ein breitflächig aufgesetztes Grinsen im fetten, übergroßen rundlichen Gesicht. Die Augen sind ziemlich zusammengekniffen. Nichts, aber auch gar nichts weist auf eine herzliche Begrüßung hin. Hinzu kommt, dass das ganze Gesicht total glatt rasiert ist – kein überflüssiges Härchen – auch nicht in Nasenlöchern, Ohren und Augenbrauen. Dieser etwas unpersönliche Gesamteindruck wird nochmals unterstützt durch die Frisur der bereits ergrauten Haare. Die volle Haarpracht würde sicher gestatten, dem Gesamtaussehen ein wenig Freundlichkeit abzugewinnen. Hier ist das aber anders: Die Person bevorzugt einen Igelschnitt, bei dem der Friseur wohl mit einem Lineal jedes Härchen auf gleiche Länge überprüft hat.

Das »Schwein«, der Milliardär mit dem außergewöhnlichen Spitznamen und dem besagten vielsagenden Lächeln im breiten Gesicht, erweckt den Eindruck, als warte er in einer Art Lauerstellung. Seine zur Schau gestellte Art, soll wohl die körperlichen Unzulänglichkeiten überspielen, ihn vor seinen beiden Gästen überhöht darstellen.

Es ist aber auch möglich, dass diesem Menschen seine körperlichen Nachteile gar nicht bewusst sind. Diese Nachteile sind nach seiner Überzeugung gar nicht vorhanden – sie sind in seinem Bewusstsein einfach beiseite gedrückt. Deshalb hat alles mehr den Anschein, dass hier nicht einmal eine Begrüßung wie bei Geschäftspartnern üblich, stattfindet. Der Dicke hat mehr das Empfinden:

„Hier werden von mir zwei Personen in Empfang genommen, die meine Sklaven sind! Mutter und Tochter sind von mir abhängig – sie werden von mir für ihre Dienste bezahlt – immer dann, wenn mir danach ist!"

Mutter und Tochter befinden sich bereits zwei Tage in Melbourne. Sie wohnen in der Präsidentensuite und sind ganz verwundert darüber, dass sie das teuerste Appartement von ganz Australien bewohnen müssen. Beiden steht gar nicht der Sinn nach besonders vornehmer Residenz – sie wären auch mit einem kleinen unscheinbaren Zimmerchen in einem Mittelklassehotel zufrieden. Das »Schwein« besteht aber auf das gewählte Arrangement – denn nur hier fühlt er sich sicher.

Ein kleines Türchen garantiert die erforderliche Geheimhaltung – nur ein winziger Durchgang gewährleistet, dass ein weltweit bekannter und überaus geachteter Geschäftsmann auch weiterhin seinen guten Ruf behält. Außer dem Hoteldirektor und dem Personalchef ist niemandem dieses Türchen bekannt. Und geöffnet wird die Geheimverbindung nur für besonders hochgestellte Persönlichkeiten, die beispielsweise, wie in diesem Falle, ungestört Damenbesuch empfangen möchten. Von der Wohnung des Hoteldirektors ist nur ein kleiner Schalter umzulegen, der dann bewirkt, dass das Schloss besagten Türchens elektrisch öffnet und bei Bedarf auch schließt.

Das »Schwein« legt eine überaus lange, brennende Havannazigarre in einen goldenen Aschenbecher, obwohl er Nichtraucher ist. Aber zu gewissen Anlässen, wie auch hier, möchte er seine Überlegenheit und Wichtigkeit zur Schau stellen – eigentlich nur aus Angabe! Er nimmt vorher noch einen gewaltigen Zug und bläst den beiden Heranstürmenden den Zigarrenrauch ins Gesicht. Erstaunlich – Mutter und Tochter sind wegen des in den Augen beißenden Qualms keineswegs erschrocken. Sie wischen die Unannehmlichkeit, wie nicht stattgefunden, einfach gedanklich beiseite, nehmen rittlings auf den Knien ihres Gastgebers Platz und werfen sich links und rechts an seinen Hals, wobei sie ihn beide mit ihren Armen umschlingen. Küsschen links – Küsschen rechts – eine überaus herzliche Begrüßung, zumindest vonseiten der beiden Besucher.

Das »Schwein« ist schon morgens in Melbourne angekommen. Nach einem angenehmen Flug 1. Klasse wurde er von der Hotellimousine abgeholt und vom Hoteldirektor persönlich in seine Suite begleitet. Der überaus kleine, schon mit grauen Haaren gestrafte Hoteldiener ächzte unter dem Gewicht der beiden Riesenkoffer und der schweren Ledertasche. Selbst sekundenlanges Rollen der Augen mit seinem Dackelblick nützte nichts – es gab für die schweißtreibende Arbeit kein Trinkgeld.

Nach dem Duschen und einem üppigen Frühstück – Bratkartoffeln, zwei panierte Schnitzel, Blattsalat mit Mayonnaise, dazu zwei Tassen schwarzen ungesüßten Kaffee – ließ sich der erlesene Gast zu einem Tennismatch ins Rod Laver-Stadion fahren. Jedes Jahr kommt er im Januar zu den Australian Open, wo er aus seiner, lange im Voraus gemieteten Privatlounge ausgesuchte, für ihn interessante Tennismatches beobachtet. Eigentlich erstaunlich – so richtig verstanden hat er den Sport mit der gelben Filzkugel nicht. Geradezu aufregen konnte er sich jedes Mal, wenn Bekannte zuhause Tennisbälle in Fachgeschäften kauften, die die Qualität der verwendeten Bälle bei den Australian Open hatten und auch so ausgezeichnet waren – mit dem Doppelbuchstaben AO.

„Viel zu teuer, und im Internet gibt es Bälle, geeignet für Kinder und auch Erwachsene zum halben Preis!" Hier trumpfte er gerne geradezu auf, weil er sich für einen Experten hielt. Immerhin hatte er dem elfjährigen Sohn Peilat aus dem Familienkreis seiner Ehefrau zum Geburtstag zehn Übungsstunden bei dem preiswertesten Tennistrainer der gesamten Provinz geschenkt. Dieser Trainer hatte ihm in ein paar Minuten Fragen zu dem Spiel mit dem gelben Ball beantwortet. In seinem

Gedächtnis war einzig hängengeblieben, wie billig die 35 neuen Trainerübungsbälle waren. Der Trainer wies ausdrücklich darauf hin, dass ein Training mit diesen »Billigbällen« genau so effektiv sein könnte wie mit teuren Bällen, gekennzeichnet mit »Australian Open« oder »US -Open«, zwei von vier Weltklasseturnieren, die jährlich ein Mal stattfinden. Erstaunt war der neue Tennisexperte dann aber doch, als er den kindlichen »Weltklasseaspiranten«, Sohn Peilat, am Ende der sechsten Tennislehrstunde nach seinem Lernzuwachs und Spielspaß fragte.

„Ich habe überhaupt keinen Spaß", so der Junge,

„ich muss nur rennen und schwitzen − bekomme dafür überhaupt kein Geld − wenn ich ehrlich sein soll, quäle ich mich nur, um meinem Vater zu gefallen!"

Und dieses Gespräch mit dem Elfjährigen hat sich fest eingefressen im Gedächtnis des Geschäftsmannes mit Spitznamen »Schwein«. Auch ihm, dem überaus Sparsamen würde es nie in den Sinn kommen, einen derartig schweißtreibenden Sport zu betreiben.

„Der Junge hat doch recht − weshalb soll ich mich derart quälen, ohne dass meine geleistete Arbeit bezahlt wird", so sein Resümee.

Im Salon findet derweil ein Stellungswechsel statt. Mutter und Tochter gleiten von den Knien herab und helfen der anderen, überaus dicken Person, den Stuhl am Tischende zu drehen, so dass der »Dicke« nun dem Tisch zugewandt sitzt und bequem beide Arme auf die Tischplatte legen kann. Danach helfen beide Frauen ihrem unförmigen Gastgeber kurz aufzustehen und ziehen ihm gemeinsam seinen seidenen Morgenmantel vom Körper. Es bleibt nur ein glänzender Boxershort, auf den er sich nun setzt. Es handelt sich um einen Short wie ihn Thaiboxer tragen − mit Großbuchstaben »MUAY THAY« auf die Vorderseite geschrieben.

Mutter und Tochter nehmen nun links und rechts vom Stuhl stehend Aufstellung. Die Mutter schenkt sich ein Glas Rotwein ein, während die Tochter dem Gastgeber und auch der Mutter je ein riesiges, mit stillem Wasser gefülltes Glas reicht und auch selbst gleiches Wasser mit großen Schlucken trinkt. Alle Drei schlürfen nun gleichzeitig, fast gierig besagtes Wasser, wodurch schmatzende Geräusche entstehen. Man hat den Eindruck, als hätte von ihnen ein übergroßer Durst Besitz ergriffen, ganz so, als müsste man umgehend in eine wasserarme Wüste. Das »Schwein« sieht mal nach links und mal nach rechts, wobei sich auch sein Oberkörper bewegt und jedes Mal seine hängenden schwammigen Titten über dem dicken Bauch wackeln. Und dieser Bauch müsste zu denken geben, denn die Fettmassen hängen über dem Bündchen der Shorts. Trotzdem ist dieser Mensch mit sich ganz zufrieden und besonders auch mit dem, was es da noch zu sehen gibt:

Mutter und Tochter tragen seidige Negligés – nur ein Hauch von Stoff und durchsichtig – die Mutter hellgrün, die Tochter zartrosa. Zwei überaus hübsche thailändische weibliche, besonders zierliche Wesen – auf ihren Pantöffelchen mit erhöhtem Absatz höchstens 157 Zentimeter groß. Trotz ihres kleinen Körperwuchses fällt bei der Mutter der übergroße Busen ins Auge – zwei Riesendinger, die bei jeder Bewegung unter dem Negligé-Oberteil verführerisch wackeln. Was bei der Mutter als üppig bezeichnet werden kann, fehlt bei der kindlichen Tochter. Aber man muss zugeben, dass die Knospen, die beim Negligé durchscheinen schon jeden normalen Mann um den Verstand bringen könnten. Trotzdem ergänzen sich Mutter und Tochter. Auch die Haarpracht zeigt zunächst Gegensätzlichkeiten – die Jüngere mit schwarzen Zöpfen und weißen Seidenschleifen – die Ältere mit bis auf die Schultern fallendes tiefschwarzglänzendes volles Haupthaar. Aber beides sind Frisuren, die nicht besser auf Alter und Typ abgestimmt sein könnten und zu der Gesamterscheinung von Mutter und Tochter passen. Alles ist beleuchtet von einem rötlich ins Rosa übergehende angenehme Schummerlicht.

Ohne jede Ankündigung kommt Bewegung in die Tochter. Behende und biegsam wie eine Turnerin klettert sie auf den Tisch, schiebt den Körper nach vorne, setzt sich auf einen nur 30 Zentimeter hohen samtbezogenen Hocker, den die Mutter ihr unter den Po geschoben hat und legt ihre Beinchen auf die Schultern des Dicken...!

Auch die Mutter wird aktiv – bewegt sich von hinten an die Person auf dem Stuhl heran und drückt ihre gewaltige Oberweite in seinen Rücken...!

Dann kommt auch Bewegung in den »Dicken«. Er spreizt mit seinen wulstigen Händen die Schenkel der Tochter. Sein massiger Kopf schnellt nach vorne zwischen die Beine des Mädchens und sein schmatzender Mund nimmt Besitz von dem Kind. Kind ist aber wohl nicht der richtige Ausdruck, denn ein Kind wäre wohl nicht auf die Idee gekommen, »Papa« die Sache möglichst einfach zu machen. Aber dieses Kind, das eher aussieht wie 14- und nicht wie in Wirklichkeit 18-jährig, hat sich schon in weiser Voraussicht des Kommenden von der Mutter eine Schere reichen lassen und kurzerhand das Höschen zerschnitten. Und »Papa« hat dann die Fetzen vom Körper gerissen und sekundenlang in seinem Mund genüsslich zerkaut. Nachdem er die Stoffreste ausgespuckt hat, klatscht sein Mund förmlich auf die Scham der Tochter – innen rosa scheinend, denn das Töchterchen hat bereits vorher beide Schamlippen auseinandergezogen, um Papa den Kontakt zu erleichtern. Dieser übernimmt auch wie ganz selbstverständlich den aktiven Part.

Das »Schwein« leckt, schmatzt und grunzt selbstgefällig, während Mutter und Tochter Stöhnlaute von sich geben, die jedem Sextonstudio zur Ehre gereicht hätten. Das geht so 20 Minuten. Dann springt das »Schwein« urplötzlich auf, mit knallrotem kurz vor'm Bersten befindlichem Kopf. Die Mutter tritt vom Stuhl hinten zurück und die Tochter gleitet anmutig wie die Turnerin zuvor vom Tisch. Ohne weiteren Übergang stürmen alle drei in Richtung Tür des gegenüberliegenden Badezimmers – er im Boxershort und die Mutter noch gekleidet in ihr Negligé. Und auch die Tochter spaziert schnellen Schrittes mit – im durchsichtigen Oberteil – ohne auch nur das geringste Anzeichen von Scham – den knackigen Po hinten und vorne das spärliche Wäldchen dem Betrachter unverhüllt preisgegeben.

Wie ist es möglich, dass alle drei gleichzeitig zum Badezimmer stürmen? Folgen sie einem Ritual, bereits in der Vergangenheit mehrfach geprobt? Es kann eigentlich nicht sein, dass ein Instinkt sie leitet, wie beispielsweise Rinder einer Herde!

Auch das Badezimmer ist riesig. Nur merkwürdig, hier überwiegt ein schummriges weißlich-blaues Licht. Der normale Betrachter wäre sicher erschrocken über die Kälte dieser Ausleuchtung, ganz im Gegensatz zu dem rötlich-rosa anheimelnden Licht im Salon. Der »Dicke«, wie auch Mutter und Tochter scheinen aber mit allem sehr zufrieden zu sein und auch keineswegs überrascht – selbst gegenüber der eisigen Farbe dieses Lichtes gibt es keine Einwände.

Es findet auch hier keinerlei Gespräch statt – genauso wie zuvor im Salon. Wie in einem mechanisierten vorher präzise festgeschriebenen Ablauf greifen Mutter und Tochter dem »Dicken« unter die Arme und helfen ihm, sich mit dem Rücken auf die mittlere Gummimatte zu legen. Die Farbe der Matte ist rot. Der »Dicke« ächzt gewaltig und die Knochen knacken. Besonders die Beine versagten in seinem Leben häufig den Dienst. Die untrainierten Strampelchen ächzen täglich unter dem massigen Körper. Da helfen dann auch die beiden mit Hochglanzstahlplatten ausgewechselten Kniegelenke wenig.

Anders verhält es sich bei Mutter und Tochter. Bei beiden ist es nur eine anmutig gleitende Bewegung nach unten — wie bei allen Asiaten zu beobachten — und sie sitzen auf ihren blauen Gummimatten links und rechts von ihrem Gastgeber im Schneidersitz. Das Trio befindet sich nun auf einer freien Fliesenfläche von mindestens 30 Quadratmetern in der Mitte des etwa 130 Quadratmeter großen Badezimmers in Kreisform. Wannen, Spezialduschen und Waschbecken für alle möglichen Erholungszwecke sind am äußeren Kreis angeordnet. Überall schimmert es golden — nicht nur die mit Goldfäden durchwirkten Bodenfliesen. Alle Armaturen aus hochwertigen Metallen schimmern in diesem Goldton, doch geht ihr Lichtschein irgendwie unter in der abweisenden Eisfarbe des vorherrschenden Blaulichtes.

Plötzlich erschallt im Bad herrliches dezentes Vogelgezwitscher, das alsbald etwas an Intensität zunimmt. Die Stimmen der vielen Vögel kommen nicht aus einer Ecke — nein, das übergroße Bad ist erfüllt vom Zwitschern und man hat den Eindruck, dass die Töne 100 Lautsprechern entstammen. Die Mutter wendet erstaunt ihren Blick. Sie versucht die Stelle zu finden, aus der die Töne zu vernehmen sind. Und während der »Dicke« die Augen geschlossen hat, sieht sie die Tochter über den unförmigen Schmierbauch blickend an und sagt leise in ihrer Heimatsprache:

„Mal was Neues, diese Vögel!"

„Ja, Mama, das stimmt — daran denke ich auch. Und der Papa hat für alles Geld — aber ein Stofftierchen für mich ist offenbar zu teuer!"

Trinken. Er nennt die Flüssigkeit nicht wie im Volksmund »Urin«, sondern hat dafür das edlere Wort »Natursekt«. Er trinkt in großen Schlucken, begleitet von einem zufriedenen Grunzen. Die Tochter pinkelt und pinkelt − scheint gar nicht aufhören zu wollen − und das »Schwein« trinkt schmatzend und grunzend voller Gier seinen Sekt. So maßlos wie er nach immer mehr verlangt, ist die Tochter froh und erleichtert, dass sich der bereits schmerzhaft aufgeschaukelte Druck der Blase entkrampft.

Nachdem die Tochter sich entleert hat, beginnt die Mutter ihren warmen Urin auf dem Bauch des Dicken zu verteilen. Sie sitzt dabei rittlings auf dessen unförmiger Anhöhe, seinem Gesicht den Rücken zugekehrt. Sie beugt sich vor, zieht den kleinen Penis etwas in die Länge und krault zärtlich des »Dicken« Hoden.

Inzwischen hat sich die Tochter vom Kopf des Dicken entfernt und auf dem Rücken liegend, mit ihrem Gesicht ganz nah zwischen die Beine, unmittelbar an sein Gemächt herangeschoben. Und wie auf Kommando schießt der Urin aus dem Penis heraus in den Mund des Mädchens. Dabei wird der Strahl gelenkt von der Mutter. Die Pippi schießt aus dem Kopf des Penis heraus und die Tochter kann gar nicht so schnell schlucken, wie der »Dicke« sich entleert. Während Mutter und Tochter eine Mischung von Tönen von sich geben − ein Gemenge aus Stöhnen, Schmatzen, Schlucklauten − ist von dem »Dicken« nur ein unterdrücktes erwartungsvoll klingendes Grunzen zu vernehmen − alles weiterhin begleitet von dem lieblichen Gezwitscher hunderter Vögel.

Doch ganz unvermittelt brechen aus dem bisher Schweigenden Wortfetzen heraus und er zischt:

„Gebt euch mal mehr Mühe, ihr beiden Schlampen − kommt mal raus aus eurem Schongang − mehr Aktion, kommt mal auf Touren ihr Sklavenpack − Nichtsnutze wie Würmer, die ich zertrete",... alles auf Deutsch, von dem die beiden sextätigen Arbeitssklaven nichts verstehen. Aus dem Tonfall klingt aber nicht gerade Dankbarkeit heraus, sondern ganz vehement die Aufforderung mehr zu tun. Und plötzlich wird das stammelnde Zischen unterbrochen und der »Dicke« schreit, wobei sich seine Stimme in einem Gurgelton zu überschlagen scheint:

„Ich komme" − und noch mal − „ich komme!"

Und wirklich, beide Frauen sind erstaunt − der kleine Penis, von jeder erfahrenen Liebesdienerin wegen seiner Winzigkeit und »Streichholzdicke« wohl als »Konfirmandenpidel« bezeichnet, ist auf seiner Länge von 9,5 Zentimetern ein klein wenig fester geworden. Und Wunder oh Wunder... drei mickrige Liebeströpfchen werden auf der rosa Eichel sichtbar!

Papa, die Mutter und auch die Tochter − alle drei sind außer Atem. Und der »Dicke« schließt kurz die Augen − er wirkt irgendwie zufrieden, braucht aber Erholung. Und die Tochter hat sich zwischen seinen Beinen auf den Bauch gedreht und den Oberkörper ein wenig aufgerichtet. Sie spricht leise in Thai zur Mutter, wobei ihre Münder nur 35 Zentimeter voneinander entfernt über der Scham des Dicken liegen. Dabei hält die Ältere noch immer den nicht mehr erigierten Penis beschützend in der Hand.

„Mama, ist doch ,ne merkwürdige Sache − drei mickrige Tröpfchen Samen für 18.000 US-Dollar − 6.000 Dollar pro Tröpfchen!" Und die Mutter nickt zustimmend − eine Antwort hält sie bei dieser Sachlage nicht für nötig.

Der »Dicke« liegt in im menschlichen Urin − auch klatschnass am ganzen Körper. Das aufgedunsene Gesicht immer noch knallrot und schweißgebadet. Die

Natursektserenade hat ihn völlig geschafft. Er liegt schnaufend in seinem Saft. Die Augen sind geschlossen und das »Penischen« hat sich nach verrichteter Arbeit eingerollt – ausgepowert und nunmehr ohne jegliches weiteres Sexverlangen.

Derweil nehmen Mutter und Tochter unermüdlich Kleenextücher aus einem großen Karton. Sie wischen damit den verbliebenen Urin vom Körper ihres Sexpartners. Die Mutter reinigt Füße, Beine, Schambereich und Schmerbauch, während die Tochter zärtlich, ja geradezu liebevoll Kopf, Gesicht, Arme, Hände und Brustbereich übernommen hat. Nach einer halben Stunde ist von dem Tumult der Natursektspiele absolut nichts mehr zu erkennen. Alle Kleenextücher und die drei Gummimatten vom Fußboden wurden in einen großen Plastiksack geworfen. Auch die Aufwischlappen für die Reinigung der Bodenfliesen wanderten in den Sack, wie auch die verwendeten Reinigungsmittel. Alles verschwindet in einem speziellen Reißwolf und nach Versprühen eines gut riechenden Parfüms, kann am nächsten Morgen auch nicht die beste Reinmachefrau erahnen, welche Geschichte sich am vorherigen Abend im Bad zugetragen hat. Auch die benutzten Bereiche im Salon wurden auf Hochglanz gebracht.

Während der Reinigungsphase sitzt der Dicke auf einem bequemen Hocker unter der Dusche und wartet. Er ist dermaßen kaputt, dass er es wider seine Natur so gar nicht fertigbringt, Mutter und Tochter zur Eile anzutreiben.

Nun geht aber alles sehr schnell: Mutter und Tochter duschen den Dicken und bearbeiten ihn mit Schwamm, Bürste und später mit einem teuren angenehm riechenden Parfüm. Sie ziehen ihm wieder den teuren Bademantel an, stellen ihn auf bereitstehende Pantoffeln und geleiten ihn in sein nebenan liegendes Schlafzimmer wo er auf der Bettkante Platz nimmt.

Er will sich gerade hinlegen und seinen Kopf auf das von der Tochter aufgebauschte Kissen legen, da schreit es aus seinem Handy heraus:

„Geh ans Telefon – geh ans Telefon…", doch der dritte Schrei wird unterbunden. Der »Dicke« schnappt das Handy mit einer unwirschen Bewegung vom Nachttischchen und zischt, es ans Ohr haltend, hinein:

„Hallo!"

„Hier ist Dr. Buntam, ihr Hausarzt", auf Englisch.

„Entschuldigen Sie die Störung – aber ihr Töchterchen ist sehr krank. Sie müssen sofort nach Thailand zurückkommen!"

Mehr vermag der besorgte Doktor nicht zu sagen, denn der Mann mit dem Nickname »Schwein« hat das Gespräch abrupt beendet.

Mutter und Tochter stehen derweil wie bedröppelt neben dem Bett, auf dessen Kante ihr Gastgeber immer noch sitzt. Er sieht die fragenden übergroßen Augen auf das Nachttischchen gerichtet und weiß trotz seines familiären Kummers sofort Bescheid.

„Die beiden wollen ihr Honorar!"

Er greift nach den Kuverts auf dem Bettschränkchen und überreicht je eines an die beiden Wartenden, die wie auf glühenden Kohlen stehen. Sie haben mitbekommen, dass etwas Furchtbares vorgefallen sein muss, weil »Papa« wie in sich zusammengefallen wirkt – bereit, jeden Moment in Tränen auszubrechen.

„Ihr könnt jetzt gehen", bringt er noch über die Lippen, „ich muss morgen sofort nach Bangkok fliegen", und er wirkt so, als wäre er körperlich und geistig gar nicht anwesend – überhaupt nicht zugegen.

Mutter und Tochter halten weiterhin ihre Briefumschläge in Händen. Sie machen aber trotzdem einen »Wai«, verbunden mit einem besonders tiefen Knicks und sagen höflich in der Thaisprache »danke« (Kop khun khaa).

Sie machen auf dem Absatz kehrt und verlassen völlig nackt das Geschehen. Wie vorher gekommen, gehen sie wieder über das Bad, den Salon, das repräsentative übergroße Wohngemach der »Goldregensuite« zurück durch das kleine Geheimtürchen in die »Präsidentensuite«.

Buddhas Enkel

Der »Deutsche« ist in Bangkok angekommen. Er eilt durch die Passkontrolle und sogleich zum Ausgang. Seine zwei Koffer interessieren ihn überhaupt nicht. Er hat sowieso Diplomatenstatus und das Gepäck kann zu ihm nach Hause geliefert werden. Er trägt leichtes Khakizeug, so wie man es auch bei den thailändischen Beamten sieht. Seinen schweinsledernen Handkoffer, nun als Hängetasche an der Schulter, stürmt er durch den Zoll und hinaus in die mit vielen Menschen gefüllte Wartehalle des Flughafens. Aus den dort Stehenden sticht besonders sein Verwalter heraus. Mit rumfuchtelnden Armen und winkend mit einem großen roten Tuch ruft er immer wieder mit lauter Stimme:

„Chef – Chef – hier bin ich – Chef, ich bin hier!" Und Arbeitgeber und Arbeitnehmer haben sich sofort erkannt und hasten Richtung Limousine, wobei der Verwalter jetzt das Handgepäck trägt. Die Türen der Luxuslimousine stehen schon weit offen, und der Chauffeur hält grüßend die Fingerspitzen an die

Uniformmütze. Alle drei springen hinein und das Auto schießt los.

Sie haben soeben die Hauptstraße erreicht, da fragt der Chef seinen Verwalter:

„Was ist los mit Mucky – hatte sie einen Unfall?"

„Nein, nein", antwortet der Verwalter,

„kein Unfall, aber Dr. Buntam sagt, Mucky sei sehr krank. Mehr wissen wir alle auch nicht."

Damit ist das Gespräch beendet. Der »Deutsche« stellt keine weiteren Fragen, weil er weiß, dass zusätzliche Informationen nicht zu erwarten sind. Und der Verwalter ist froh, dass er nicht erneut mit Fragen gelöchert wird, auf die es z. Zt. sowieso keine Antworten gibt.

„Auch Telefonieren bringt nichts", sagt sich der Chef sogleich. Er lehnt sich hinten in den bequemen Autositzen zurück und versucht, ein wenig zu schlafen. Derweil ruft der Verwalter Muckys Erzieherin an und sagt, dass der Chef in etwa sechs Stunden zu Hause sein wird und sofort Dr. Buntam sprechen möchte.

Die Autofahrt verlief eigentlich ganz gut. Trotz Nichteinhaltung aller Geschwindigkeitsbegrenzungen gab es nur drei Strafmandate der Polizei. Jeweils 1.000 Baht, das Doppelte wie üblich, und man durfte sofort weiterfahren.

Die Limousine kommt nach sieben Stunden rasender Fahrt direkt vor'm Herrenhaus zum Stehen. Die gesamte Dienerschaft hat sich zur Begrüßung ihres Arbeitgebers in Reih und Glied aufgestellt und alle machen den »Wai«. Der Ankömmling hat nicht einmal Zeit für ein kurzes »hallo«. Er schnappt die Hand der Erzieherin und schleppt diese förmlich hinter sich her. Beide hasten durch die Korridore, bis sie vor dem Zimmer der erkrankten Tochter stehen. Der »Deutsche« hält kurz inne, dann öffnet er sehr vorsichtig die Tür und sie treten ein. Dort sitzt bereits der Hausarzt Dr. Buntam am Bett und hält die Hand des Mädchens. Der Vater geht auf die andere Seite des Bettes und küsst zärtlich sein Kind. Er zieht einen Stuhl heran, setzt sich und blickt lange in das Gesicht seines liebsten Schatzes. Muckys Antlitz ist sehr blass, aber das Mädchen lächelt. Dann beginnt der Vater leise zu sprechen:

„Aber Muckychen, was ist denn los? Was machst du nur für Sachen? Ich bin sofort aus Australien zurückgekommen, als ich hörte, dass es dir nicht gut geht."

„Aber Papa, es geht mir gut – habe überhaupt keine Schmerzen, bin aber sehr schwach."

„Werde gleich mit dem Doktor sprechen – dann weiß ich mehr", entgegnet der Vater.

Und Mucky weiter mit leiser, fast nicht vernehmbarer Stimme:

„Schön, dass du wieder da bist, Papa. Sieh auf die Kommode dort – mein kleiner Vogel hat schon richtige Federn. Er denkt ich bin die Mutter, sobald er meine Stimme hört. Jetzt werde ich etwas schlummern – bin sehr müde."

Mucky dreht sich ein wenig um und beginnt wohl sogleich zu schlafen. Der Vater wirft noch einen Blick auf den kleinen Vogel. Der sitzt auf einer krummen Astgabel, in einem hübschen geräumigen Vogelkäfig. Auf Muckys Wunsch hin kaufte der Verwalter diesen Käfig, zur Sicherheit vor der Katze. Während sich die Erzieherin auf einen Stuhl setzt, gehen der Vater und der Doktor in das Nebenzimmer.

Und der besorgte Vater beginnt auch sogleich:

„Na Doktor, was ist eigentlich los? Ich hoffe, dass ich nicht wegen einer kleinen Grippe extra aus Australien herkommen musste", und die Stimme klingt unverhohlen vorwurfsvoll.

„Khun Jai", der Arzt nennt den Deutschen wegen seiner Bekanntheit und wegen seines enormen Ansehens Khun Jai (Herr Groß) und er fährt fort:

„Ich muss tatsächlich zugeben, dass ich nicht weiß, was mit Mucky wirklich los ist. Ich weiß aber, dass sie, Khun Jai, ihre Tochter abgöttisch lieben. So hielt ich es für das Beste, den Vater hinzu zu holen, falls wichtige Entscheidungen getroffen werden müssen – und zwar in Kürze. Das Kind muss unbedingt in das beste Krankenhaus und von Kopf bis Fuß durchgecheckt werden. Möglicherweise muss Mucky dann zu einem Spezialisten. Das alles vermag ich, als kleiner Dorfarzt, nicht zu entscheiden – das können nur sie als der Vater."

Der Doktor ist regelrecht außer Atem. Das war wohl die längste Rede seines Lebens. Und er hatte sich richtig vorbereitet auf das Gespräch mit dem »Deutschen«, denn jeder hat Angst dieser so bestimmenden Person alleine gegenüber zu stehen.

„Man fühlt sich ganz hilflos – ganz so, als wäre man nackend ohne Kleider", denkt der Doktor für sich.

Am kommenden Morgen, bereits um 07.00 Uhr, ist die thailändische Ambulanz da. Es handelt sich um ein nagelneues Spezialfahrzeug mit besonders gedämpfter Federung. Die Besatzung besteht aus dem Fahrer und zwei Krankenschwestern. Die kleine Patientin verabschiedet sich noch von ihrem Spatz und von »Zita«. Zuletzt sagt sie ihrer Islandstute Lebewohl, die man noch heranführte, als Mucky schon auf der bequemen Bahre im Krankenwagen lag. Nun konnte es losgehen zum größten Krankenhaus in Bangkok. Das Kind lag sicher angeschnallt im Transportraum, beschützt von den beiden Schwestern, die neben ihr saßen. Der Fahrer gab Gas und wurde von der Schullimousine begleitet, in der Muckys Mutter, Dr. Buntam, der Verwalter, Tuckata und der Chauffeur saßen. Der Vater hatte entschieden, auch die Erzieherin mitzuschicken. Sie und die Mutter sollten Tag und Nacht bei der Tochter bleiben, und bei allen Untersuchungen des Kindes zugegen sein. Der Vater hatte gemeinsam mit dem Hausarzt das weitere Vorgehen der Behandlung seines Kindes mit dem Chefarzt des Krankenhauses besprochen und ihr Kommen vorbereitet.

Er selbst ging wieder seinen Geschäften nach, und wies alle an, ihn über jede Kleinigkeit von Muckys Krankenhausaufenthalt telefonisch auf dem Laufenden zu halten. Die Versorgung des Spatzes und der Beagle-Hündin hatte Mucky in die Hände des stellvertretenden Verwalters und der Chef-Köchin gelegt. Es war abgesprochen, dass der Spatz während Muckys Abwesenheit im Zimmer der Köchin wohnte und damit auch des Nachts, aber auch am Tage nicht alleine war. Die Chef-Köchin wurde von Muckys Vater für die Zeit der Abwesenheit der Tochter, von ihren Küchenaufgaben freigestellt. An ihre Stelle trat die 2. Chef-Köchin. Auch die Versorgung des Islandponys war sichergestellt, denn der eingestellte Reitlehrer hatte allein die Aufgabe, sich um dieses Tier zu kümmern.

Voller Zufriedenheit konnte der Chefarzt dem Vater mitteilen, dass es seiner Tochter wieder gut ginge. Nach fünf Tagen Krankenhausaufenthalt könne die Tochter nach Hause und nach einer weiteren Woche wohl auch wieder zur Schule. Auf die bohrenden Fragen des Vaters nach den Ursachen für den besorgniserregenden Zustand des Kindes vor dem Krankenhausaufenthalt hat der Chefarzt keine rechte Erklärung. Aber eine Entzündung im Körper sei Dank von Vitaminen und weiterer Stärkungsmittel, venös über das Blut besiegt. Leider seien die Blutwerte nicht 100 %ig – sie müssten weiterhin kontrolliert und überwacht werden. Das könnte aber auch das nächstgelegene Krankenhaus der kleinen Patientin zu Hause leisten. Er erbitte aber zur Kontrolle die Übermittlung aller weiteren Untersuchungsergebnisse.

Und tatsächlich, nach einer weiteren Woche ist die Krankheit des Kindes praktisch vergessen. Mucky freut sich wieder, zur Schule zu gehen und die Klassenkameraden zu treffen, die sie sehr vermisst hat. Aber ihr Hauptinteresse gilt ihren drei tierischen Freunden: der Island-Stute »Fanny«, der Beagle-Hündin »Zita« und dem kleinen zugeflogenen Vogel, der als Namen das deutsche Wort »Spatz« erhalten hat. Jeden Tag nimmt sich das Mädchen viel Zeit für ihre drei Freunde, sobald sie ihre Hausaufgaben erledigt hat. Die Erzieherin Tuckata ist immer mit dabei.

So hat dann auch der Vater keine Bedenken, nach einer weiteren Woche zu einer geschäftlichen Besprechung in den Süden von Thailand − nach Phuket zu reisen. Dort tagt er mit den 12 reichsten Männern des Landes. Das ist ein alle Vierteljahr wiederkehrendes Treffen und dient allein der Gewinnmaximierung der 13 vertretenen Firmenkonsortien. Als Ergebnis zur Bewältigung der Corona-Krise, bahnt sich nach zwei Tagen wiederum das bereits beim letzten Mal erarbeitete Zauberwort heraus: »Personalverdünnung«.

Man ist sich einig, dass zur Sicherung der Geschäfte und der betroffenen Firmen es notwendig ist, möglichst viel Personal ganz schlicht gesagt rauszuschmeißen − sofort zu entlassen! Der Ausgabenfaktor »Personal« fällt dermaßen ins Gewicht, dass an dieser Stelle unbedingt gegengesteuert werden muss. Immerhin beabsichtigt die Regierung den Tagessatz für normal Beschäftigte von z. Zt. 300 Baht pro Tag sogar auf 450 Baht pro Tag zu erhöhen. Und bei diesen genannten Sparmaßnahmen ist die Umsetzung ganz problemlos:

Man schickt das Personal einfach nach Hause und stellt Arbeitskräfte ein, die billiger sind. Das kann man beispielsweise bei jemandem machen, der vorher 300 Baht pro Tag bekam. Zweimal ausgewechselt, und schon ist man bei 100 Baht pro Tag!

Während der täglichen Besprechungen der 13 stehen ihnen genau 26 Berater zur Verfügung: Rechtsanwälte, Steuerberater, Personalexperten, Wirtschaftsmathematiker, Banker und Arbeitsmediziner.

Nach zwei arbeitsintensiven Tagen sitzen die 13 um etwa 20.30 Uhr entspannt an einem großen runden Tisch und klopfen sich aufgrund der ihrer Meinung nach guten Ergebnisse selbstgefällig auf die Schulter. Der Chef-Manager der Firmengruppe »Estern Electronic L.T.D« gibt gerade zum Besten, wie er 350 Arbeiterinnen an einem einzigen Tag entlassen konnte. Es war nur erforderlich, drei Lötroboter einzusetzen. Während alle 13 über den gelungenen Schachzug lauthals lachen, klingelt beim »Deutschen« das Telefon:

„Geh ans Telefon – geh ans Telefon", schallt es aus seinem Handy –

„Hallo", sagt er und von der anderen Seite ist die Stimme des Hausarztes zu hören – sehr leise zwar, aber doch auch irgendwie bestimmt:

„Khun Jai, hier ist Dr. Buntam. Sie müssen sofort nach Hause kommen. Mucky ist sehr krank – ernsthaft krank – wir haben schon den Chefarzt aus Bangkok bestellt. Er sitzt bereits im Marinehubschrauber."

Der »Deutsche« beendet das Gespräch und sitzt da wie ein Häuflein Elend. Sehr blass und den Blick nach unten gerichtet, so nehmen ihn seine 12 Mitstreiter wahr:

„Der Mann mit der allergrößten Klappe – der ewige Gewinner sitzt da wie ein Geschlagener – wie ein Verlierer." Und die Freunde sind darüber sehr erstaunt, denn der »Deutsche« ist dafür bekannt, alle Diskussionen und jeden Rechtsstreit anzunehmen. Er kämpft jedes Mal mit allen Mitteln und muss immer Recht behalten.

„Verlieren gibt es bei mir nicht − ich gebe niemals nach", pflegte er im Freundeskreis des Öfteren hinaus zu posaunen. Das war auch der Grund, weshalb sich niemand gerne in ein Gespräch mit dieser Person einließ. Egal ob politische oder allgemein menschliche Themen − der »Deutsche« hatte immer das letzte Wort.

Jetzt war ihm aber die Angst um sein geliebtes Kind ins Gesicht geschrieben. Er wirkte im Kreise seiner Geschäftsfreunde zum ersten Mal hilflos. Kam ihm am Beispiel seiner kleinen kranken Tochter der Gedanke, dass auch er einmal auf der Verliererstraße stehen könnte, dass es eine Macht geben könnte, die auch er trotz seiner vielen Millionen Dollar nicht besiegen könnte?

Der »Deutsche« packt seine Papiere zusammen, ergreift die Ledertasche und sagt an die übrigen 12 gerichtet:

„Meine Tochter ist sehr krank − ich muss sofort nach Hause", steht auf und geht.

Für den nächsten Morgen hat er sofort einen Flug nach Bangkok erhalten und der Marinehubschrauber wartet schon bei seiner Ankunft.

„Äußerst nützlich, wenn man Admirale zu seinen Freunden zählen kann", denkt er für sich.

Zwei Stunden später landet der Helikopter auf dem riesigen Vorhof zum Herrenhaus. Das gesamte Personal steht wieder aufgereiht, den Chef zu begrüßen.

Der »Deutsche« fällt fast hin, als er wieder mit der Erzieherin im Schlepp ins Herrenhaus stürmt, durch die Flure eilt und vor dem Zimmer der Tochter stoppt. Dort sitzt eine Krankenschwester an einem kleinen

Tischchen. Sie erhebt sich sogleich, grüßt freundlich den »Deutschen« und versorgt beide Ankömmlinge mit Spezialmasken, um Ansteckungen zu vermeiden. Beide treten ein und erblicken den Chefarzt, der Mucky behandelnden Bangkok-Klinik und den Hausarzt, sitzend an einem Tisch, belegt mit Akten. Auf einem Stuhl sitzt eine Krankenschwester. Alle drei stehen auf und begrüßen Muckys Vater mit dem »Wai«. Dieser möchte ganz spontan sein Kind an sich drücken, doch der Chefarzt hebt den Arm und sagt leise:

„Bitte das Kind nicht berühren!"

Der Vater beugt sich trotzdem etwas über das Bett, und er glaubt wahrzunehmen, wie sein Herzensschatz ein wenig lächelt, trotz der riesigen Maske, die man dem Kind verpasst hat. Der Vater kommt noch dazu, zu sagen:

„Mein Muckychen, ich bin ja nun wieder bei dir – du wirst wieder gesund – alles wird gut", da zieht ihn der Chefarzt mit leichtem Händedruck nach draußen, wo sie dann im Nebenzimmer Platz nehmen. Auch Dr. Buntam setzt sich dazu, während er alle Befunde des Kindes auf den Tisch legt. Krankenschwester und Tuckata bleiben bei der Patientin und die zweite Schwester hält weiterhin Wache vor der Tür.

Über eine Sprechanlage bestellt der Hausherr in der Küche Kaffee, Tee, Mineralwasser, Säfte und Gebäck – kommt aber sogleich auf das wesentliche zu sprechen. Er stellt die Frage, die sein Gehirn geradezu martert:

„Meine Herrn Doktoren – was ist los mit meinem Kind?"

„Khun Jai", auch der Chefarzt bezeichnet den »Deutschen« mit seinem überall bekannten Spitznamen und fährt fort:

„Khun Jai... wir müssen ihnen leider mitteilen, dass ihre kleine Tochter sehr krank ist. Gegenüber dem Gesundheitsstand am Entlassungstag aus meinem Krankenhaus ist eine starke Verschlechterung eingetreten. Das Kind ist auffallend blass, äußerst schwach und leidet unter Atemnot während kleinster Belastungen. Bedauerlicherweise stimmt auch etwas nicht mit den Blutwerten. Das passt auch zu den neuesten mir übermittelten Untersuchungsergebnissen: Auf der Lunge und den Mandeln zeigen sich Schatten. Sie weisen auf eine entstehende oder bereits vorhandene Entzündung dieser Organe hin", und der Chefarzt macht eine kurze Pause.

Sogleich ergreift der Vater das Wort, denn er kann es schon gar nicht mehr aushalten:

„O Gott", und er verbessert sich sogleich zu

„das ist ja grauenhaft, Herr Doktor − regelrecht beängstigend, was sie da sagen!" Und er bemerkt so ganz nebenbei, dass er soeben das Wort »Gott« benutzt hat − zum ersten Mal in seinem 75-jährigen Leben, bezogen auf sich selbst und seine Familie! Und er ist darüber einigermaßen erstaunt. Denn gegenüber Freunden tönte er des Öfteren, dass er das Wort »Gott« niemals in den Mund nehmen werde. Dieses Wort »Gott« gäbe es nur für die Schwächlinge − diejenigen, die zu dumm wären, sich selbst zu helfen und dann auch noch nach dem unsichtbaren Helfer aus dem Weltall schreien! Er hat aber sofort wieder seine Gedanken im Griff und fragt:

„Herr Doktor, sie sind der Experte. Was können wir machen − wie können wir meiner Tochter helfen? Sie werden sich doch bereits einige Gedanken gemacht haben?"

Ehe der Chefarzt antwortet, trinkt er einen Schluck Kaffee. Auch der Vater und der Hausarzt nutzen die kleine Pause und trinken etwas Mineralwasser oder Tee. Die Bedienung schenkt nach und der Hausherr macht so eine schnippische Handbewegung, woraufhin das Bedienungsmädchen sofort den Raum verlässt.

„Khun Jai", beginnt der Chefarzt von neuem.

„Sollten wir nicht auch die Mutter des Kindes hinzuziehen?"

„Das ist nicht erforderlich", antwortet der Vater.

„Meine Frau hat in dieser Hinsicht volles Vertrauen zu mir. Sie versteht von diesem gesamten Gesundheitskram sowieso nichts – und im Übrigen bin ich es, der alles bezahlt und damit auch die Verantwortung trägt!"

„Nun gut, Khun Jai", beginnt der Chefarzt von neuem.

„Nun zu ihrer Frage, was wir machen sollten, zu welcher Therapie wir greifen.

Die ganze Angelegenheit gestaltet sich in diesem Moment als sehr schwierig, da auch ich z. Zt. keine Prognose wagen kann. Es ist nicht vorauszusehen, wie sich die Krankheit bei ihrem Kind weiter entwickelt. Es kann nicht mit Bestimmtheit angenommen werden, dass eine Heilung möglich ist oder es zu einer Verschlimmerung kommen kann. Das bedeutet, vereinfacht ausgedrückt, dass wir uns derzeitig in einer sehr labilen und deshalb gefährlichen Gesundheitslage unserer kleinen Patientin befinden.

Aus genannten Gründen schlagen deshalb ihr Hausarzt Dr. Buntam und ich im Sinne einer erfolgreichen Therapie für ihre Tochter Mugda folgendes vor:

1. Sofortige Einweisung in das beste Kinder-Krankenhaus in Bangkok.

2. Nach etwa einer Woche Hinzuziehung des bekanntesten Kinder-Arztes aus den USA – Professor Dr. Dr. Blasiatus – Experte für alle entzündlichen Kinderkrankheiten, bis hin zur Leukämie.

3. Zu allen Untersuchungsergebnissen und Therapien werde ich hinzugezogen.

4. Auch der Hausarzt Dr. Buntam ist stets auf dem Laufenden zu halten, da unter seiner Obhut eine mögliche spätere Nachbehandlung am Wohnort des Kindes durchgeführt werden soll."

Und so geschieht es: Bereits am nächsten Tag fliegt die kleine Patientin in einer Cessna, einem Kleinflugzeug eines Freundes der Familie, nach Bangkok. Man zog das Flugzeug einem Hubschrauber und dem auf Thailands Straßen wackelnden Krankenwagen vor. Eine Krankenschwester und Tuckata fliegen mit. Die Mutter wird vom Chefarzt mitgenommen, der auch wieder schnell in sein Krankenhaus nach Bangkok möchte. Die zu Hause gebliebenen Tiere – Spatz, »Zita« und Fanny werden wieder nach bekanntem Muster versorgt – genau so, wie man es bereits bei Muckys letztem Krankenhausaufenthalt erfolgreich praktizierte.

Genauso wie vom Chefarzt Dr. Somana bereits vorgeschlagen, trifft nach genau einer Woche der Kinderkrankheiten-Experte Prof. Dr. Dr. Blasiatus aus Amerika ein.

Im Spezial-Universitäts-Kinderkrankenhaus Bangkok sind Anfang März 2022 an einem runden Tisch die folgenden Personen anwesend:

Prof. Galana (Universitäts-Kinderspezialklinik Bangkok), Dr. Somana (Kinderkrankenhaus Bangkok), Dr. Buntam (Hausarzt) und der Vater der Patientin.

Nach einer einführenden Beschreibung der Krankenbehandlung des Kindes durch den behandelnden Arzt Prof. Galana übernimmt Prof. Blasiatus aus den USA als Gast das Wort:

„Meine Herren, lieber Vater. Nach Durchsicht aller Befunde, persönlicher körperlicher Untersuchung des Kindes Mugda und ausführlicher fachlicher Diskussion mit den behandelnden Ärzten komme ich zu folgendem Ergebnis und Vorschlag für die weitere Behandlung der Patientin:

1. **Mugda hat Blutkrebs** – eine seltene Form unter dem Oberbegriff der Leukämie.

   Vereinfacht für den Vater bedeutet es, das die weißen Blutkörperchen immer mehr werden und die roten Blutkörperchen immer weniger.

   Wichtige Organe wie Lunge und Mandeln entzünden sich. Blutungen an Zahnfleisch und Nase stellen sich ein. Der kleine Körper wird ohne Gegenmaßnahmen immer schwächer. Das Immunsystem bricht zusammen – und irgendwann stirbt das Kind.

2. Glücklicherweise sind im Laufe der Jahre die Therapien immer besser geworden – beispielsweise starben 2020 in Deutschland von 600 an Blutkrebs erkrankten Kindern nur noch 10.

3. Um die weitere lebenszerstörerische Vermehrung der weißen Blutkörperchen zu stoppen, muss sofort mit lebenserhaltenden Maßnahmen begonnen werden:

   Wir müssen bei Mugda auf der Stelle mit einer Chemotherapie beginnen. Das kann sofort losgehen, denn die Patientin ist hier im Universitäts-Krankenhaus bei Prof. Galana in besten Händen.

4. Sobald hier eine Besserung eingetreten ist, soll das Kind in das am nächsten zur Familie gelegene

Krankenhaus verlegt werden. Dort kann die Chemotherapie fortgesetzt werden.

Allerdings müssten dort 4 Räume angemietet werden mit Toiletten, Dusche und Bad. Ein Raum ist für die Patientin, ein Raum für den behandelnden Spezial-Arzt, ein Raum für die beiden Spezialkrankenschwestern und ein Speiseraum für die behandelnden Personen.

Alle vier Räume müssen völlig keimfrei sein – d.h. insbesondere die Raumbelüftung, auch die Luft für die Klimaanlage. Der Vorteil dieser gewählten Möglichkeit liegt darin, dass das Kind sich in der Nähe der Familie befindet und in der Regel auch mit Freunden bald in heimatliche Gefilde nach draußen kann."

Nach zweiwöchiger Behandlung in dem Spezial-Universitäts-Kinderkrankenhaus Bangkok ist bei der kleinen Patientin tatsächlich eine Besserung eingetreten. Die Schatten auf Lunge und Mandeln sind schwächer geworden. Die Blutungen aus Nase und Mund konnten gestoppt werden. Aber das wichtigste Ergebnis der Behandlung besteht darin, dass dem rasanten Anstieg der weißen Blutkörperchen Einhalt geboten werden konnte. Es darf also durchaus davon gesprochen werden, dass die Chemotherapie voll angeschlagen hat. Alle Beteiligten, wie Ärzte, Schwestern und Pflegepersonal – aber auch die Familie und die vielen Freunde des Mädchens atmen auf. Die kleine Patientin kann wieder in ihren Heimatort verlegt werden, was auch umgehend geschieht.

Die kleine Mugda ist froh, wieder ganz in der Nähe ihrer Lieben zu sein. Die vier Zimmer im Nachbarkrankenhaus sind genauso ausgestattet, wie es der Kinderkrankheitenspezialist aus den USA angeordnet hatte. Zusätzlich ist ein komplettes technisches Equipment aus New York eingeflogen, für den Fall des Auftretens von z. T. lebensbedrohender Schübe. Alle technischen Geräte, einschließlich komplizierter Blutfilteranlagen sind vorhanden, um dem Kind bei Rückfällen sofort vor Ort helfen zu können. Es kann zukünftig durchaus notwendig werden, das Blut der Patientin zu reinigen oder gar auszuwechseln. Der amerikanische Professor spricht hier aus Erfahrung und hat deshalb für den Notfall vorsorgen lassen.

Mucky lässt die weitere Chemotherapie ohne Klagen über sich ergehen. Nicht ein Wort verliert sie zum Verlust ihrer gesamten Haarpracht. Das Kind ist überglücklich, nachdem es durch das Fenster ihre drei Lieblinge sehen durfte.

„Mein kleines Spätzchen sieht ja bereits wie ein richtiger Vogel aus – erstaunlich, dass er so schnell sein komplettes Federkleid bekommen hat. Ich glaube sogar, dass »Zita« und die Islandstute »Fanny« mich durch das Fenster erkannt haben", sagt sie, an die Schwestern gewandt.

Danach ist das Kind aber dankbar, dass die Krankenschwestern es wieder in eine liegende Lage in ihrem Bett bringen.

„Das Sitzen mit Kissen im Rücken, war doch ganz schön anstrengend – aber ich bin froh, dass es meinen drei tierischen Schätzen gut geht. Jetzt werde ich sicher innerhalb von Sekunden einschlafen. Vielen Dank, liebe Schwestern."

Und Mucky tritt über in einen hoffentlich schönen Traum.

Und tatsächlich… das kleine, so tapfere Mädchen reitet auf ihrer Islandstute »Fanny« durch ihre herrliche Heimat, vorbei an vielen Reisfeldern wo im Moment Hunderte von Männern, Frauen und Kindern bei der Ernte sind. Der Vogelkäfig mit dem kleinen Spatz vorne auf dem Sattel und »Zita« mit langen Sprüngen neben dem Pferd. Alles ist so leicht im Traum und »Fanny« scheint förmlich zu schweben – die Hufe berühren nicht einmal den sandigen Boden. Alles wirkt so unbeschwert. Sonnenschein, bunte Farben und das Trommeln der Hufe. Ein glückliches Mädchen mit ihren Freunden – von Krankheit keine Spur. Nur eigenartig, plötzlich ein Stimmungsumschwung bei dem Kind: »Von himmelhoch jauchzend bis zu Tode betrübt«.

Die vielen Männer, Frauen und Kinder singen bei der schweißtreibenden Arbeit, während sie mit Sicheln, tiefgebückt die Reisähren schneiden und zu Bündeln binden. Die Gesänge sind laut aber auch wieder leise – sehr rhythmische fremde Melodien mit einem Gemisch aus englischer und spanischer Sprache – der traurige hoffnungslose Gesang der Negersklaven aus den amerikanischen Südstaaten von 1860. Und in der Ferne sieht Mucky unter einem Bergmassiv eine Soldatentruppe mit etwa 35 geschmückten Elefanten, die den thailändischen König »RAMA V« zu seinem Schloss begleiten. Dieser große König schaffte 1905 in Thailand die Sklaverei ab – das weiß Mucky von Tuckata.

Aus ist der z. T. schöne aber auch nachdenklich stimmende Traum. Knallhart und unerbittlich landet das Kind wieder in der Wirklichkeit. Vor'm Bett, wie Zinnsoldaten aufgereiht, stehen in einer Reihe der Vater, Tuckata, der »Spezial-Doktor« und die beiden Krankenschwestern. Mucky geht plötzlich durch den Kopf, dass die herumstehenden Personen unter ihren Masken wie Geister aussehen. Doch das Kind hat keine Angst vor Geistern, ganz im Gegensatz zur übrigen Bevölkerung. Erstaunt und gleichzeitig erschreckt ist es aber, während es sich unter der Maske den Schlaf aus den Augen wischt, wie Sturzbäche von Tränen unterhalb der Maske von Tuckata über's Gesicht laufen. Und Tuckata ist es auch, die sich als erste fasst und zu reden beginnt:

„Liebes Muckychen − meine Freundin. Wir wollten dich heute Morgen mit einem kleinen Geschenk erfreuen, weil wir alle überglücklich sind, dass es dir besser geht. Leider ist aber etwas ganz Trauriges eingetreten, was uns alle fassungslos macht. Ich weiß auch gar nicht, wie ich es dir sagen soll... deinem kleinen Liebling, dem Spatz ist etwas zugestoßen − ein Unglück!"

„Aber, Tuckata, sage ruhig was geschehen ist. Sprich ruhig weiter − was ist passiert?"

„Liebste Mucky, der Mönch hat dein Spätzchen vor dem Tode bewahrt. Und du hast dem Spätzchen ein schönes Leben gegeben − wenn auch nur für wenige Tage − ein paar Wochen", und man merkt, wie die Freundin nach Worten ringt... und sie fährt fort:

„Buddha hat dem kleinen Wesen durch den Mönch das Leben verlängert − und Gott (Thewada) hat nun das so liebliche Geschöpf wieder zu sich genommen."

Es tritt eine Pause ein und Mucky blickt einige Sekunden mit völlig ausdruckslosem Blick vor sich hin − trotz der Maske kann man das erkennen. Dann an die beiden Schwestern gerichtet:

„Ich bin so müde − ich bin so unendlich müde − lasst mich noch eine Stunde schlafen."

Was war geschehen, damit aus der beglückenden Geschichte des lustigen kleinen Vogels eine traurige Geschichte wurde? Alle, die Mucky kennen, sind erschrocken! Während der beiden Zeiträume, in denen Mucky im Krankenhaus war, gestaltete sich die Versorgung des kleinen Vogels völlig problemlos. Die Chef-Köchin war, wie schon berichtet, von ihrer Küchenarbeit freigestellt und konnte sich deshalb liebevoll um das hilflose Tierchen kümmern. Inzwischen war auch die Ernährung umgestellt. So wurde das Spätzchen nicht mehr nur mit Babynahrung gefüttert, sondern es kam auch ein Brei aus zerkleinertem Fleisch und Gemüse dazu. Das zierliche Vögelchen bekam sehr schnell zunächst Haare und dann ein richtiges Federkleid. Der Tierarzt, dem man den Spatz vorführte, war regelrecht begeistert von dessen unkomplizierter Entwicklung. Er gab ein paar Vitamine zum Beimischen in den Nahrungsbrei dazu und wollte auf jeden Fall über den weiteren Zustand des Vogels auf dem Laufenden gehalten werden.

Dem Vater war diese gesamte Geschichte sowieso ein Dorn im Auge. Ihm war völlig unverständlich, wie solch ein Aufwand für »5 Gramm Vogel« betrieben werden musste.

„Eine Arbeitskraft fällt vier Wochen aus und spielt Tierdompteur – immerhin 6.000 Baht weggeschmissenes Geld für nichts", so seine Gedanken. Deshalb war es für ihn, vom Nutzen her gesehen, auch sinnvoll, dass die Köchin wieder voll arbeitete. Der Vogel sollte weiterhin in ihrem Zimmer wohnen und es war angeordnet, dass alle zwei Stunden jemand aus der Küche – am besten eine von den Küchenhilfen – nach dem Tier sah.

Die Köchin hatte es aber gar nicht gern, dass andere Personen ihr Zimmer betraten und möglicherweise ihre persönlichen Sachen durchwühlten. So hatte sie dann die ihrer Meinung nach gute Idee, Käfig und Spatz draußen auf den Flur, auf ein Tischchen neben ihre Zimmertür zu stellen.

„Auch die Katze kann dem Vogel nichts anhaben. Er befindet sich ja in einem stabilen Käfig. Sogar die Frischluft ist draußen besser, als im stickigen Zimmer", so beruhigte sie sich selbst, wegen ihrer selbständigen Entscheidung.

Und so kam es dann, wie es kommen musste: Das jüngste Küchenmädchen stand wie versteinert vor dem

Käfig. Es konnte gar nicht fassen, dass der Spatz sie nicht wie auch sonst durch Piepen und Flügelschlagen begrüßte. Er hatte es gar nicht gern, wenn er alleine war. Die Menschen waren jetzt seine Ersatzfamilie und er freute sich jedes Mal riesig, wenn ihn jemand besuchte und zu ihm sprach. Doch nun lag er tot auf dem Boden des Käfigs – auf dem Rücken und die kleinen Beinchen nach oben gestreckt. Der Käfig war voller Haare und Federn – der kleine Kopf blutig. Es kam sogar Blut aus dem Schnabel.

Was war geschehen? Niemand konnte die Frage beantworten. Aber Muckys Vater hatte sofort eine Theorie, die er den anderen am Käfig mitteilte:

„Hier hat ganz offensichtlich ein Kampf stattgefunden. Möglicherweise hat die Katze den Vogel erschreckt und zu Tode gehetzt. Es ist aber auch möglich, dass der fünfjährige Sohn von Muckys Cousine den Mord begangen hat. Der Vater ist Chinese und so würde ich mich gar nicht wundern, wenn der kleine Chinese mit seinem Stock auf den Käfig eingedroschen hat, bis der Vogel dann an den Käfigwänden zu Tode kam, weil er viele Male im Flug dagegen donnerte. Dieses Kind hat ja schon mal 'ne Maus erschlagen und mit einem Küchenmesser fein säuberlich seziert. Auch hat er, wie wir alle wissen, mit seinem Stock durch den Hundezwinger nach Muckys »Zita« gestoßen – so lange, bis das Tier ganz verstört in der Ecke liegen blieb."

Und an den Verwalter gerichtet:

„Einzig und allein liegt die Schuld aber bei der Chef-Köchin. Sie hat den Käfig entgegen unserer Anordnung nach draußen gestellt. Dieses Weibsstück ist sofort zu entlassen. Die anderen sollen ihre Arbeit mitmachen. Die Stelle wird nicht wieder besetzt – wir müssen sparen! Beerdigt den Vogel im Garten. Legt einen schönen Stein darauf mit seinem Namen und auch Blumen – dann weiß Mucky, wo ihr Liebling ruht.

Mucky ist erwacht und der Spezial-Doktor nimmt ihr sofort Blut ab, das dann gut verpackt per Express an die Universitätsklinik nach Bangkok geschickt wird. Die Schwestern helfen dem Kind aus dem Bett und duschen es nach der Toilette mit lauwarmem Wasser. Danach trinkt die kleine Patientin etwas stilles Wasser und isst einen stärkenden Brei. Die Schwestern betten das Mädchen wieder liegend, denn sie haben bemerkt, dass es äußerst erschöpft wirkt. Auffällig ist, dass Mucky in der halben Stunde, in der sie wach ist, nicht ein einziges Wort gesprochen hat. Ansonsten scheint alles wieder normal zu sein, sodass der Doktor und die Schwestern in ihrem Speiseraum ihr Frühstück einnehmen.

Doch plötzlich erschallt die Alarmanlage, die den Atem der Patientin überwacht. Alle drei stürzen ins Behandlungszimmer und hören das Kind schwer keuchend atmen. Man nimmt ihr die Maske ab und spritzt beruhigende und stärkende Mittel. Der Vater wird durch die Alarmanlage und der Universitäts-Professor des Spezial-Kinderkrankenhauses aus Bangkok per Telefon gerufen. Dem behandelnden Arzt und den Schwestern ist klar, dass es sich bei dem heutigen Vorfall um einen schweren Schub handelt – einem bedenklichen und gefährlichen Rückfall, der den guten Behandlungserfolg zunichtemacht.

„Kun Jai", spricht der Arzt, dem Vater zugewandt.

„Khun Jai, ihr Kind hat einen schweren Rückfall – und bei ähnlichen Fällen sind uns schon mehrfach die Kinder gestorben. Ich hoffe sehr, dass Mugda diesen Anfall übersteht. Immerhin ist es uns gelungen, in der letzten Zeit ihr Immunsystem etwas zu stärken. Wegen der Dringlichkeit haben wir aber, ohne sie zu fragen, sofort Professor Galana in Kenntnis gesetzt und ihn gebeten, sofort zu kommen."

„Was ist denn los mit Mucky", fragt der Vater und blickt völlig entgeistert auf sein röchelndes, kleines Kind.

„Ganz sicher hat die Trauer um den kleinen Vogel diesen schweren Rückfall ausgelöst. Mucky war ja sonst jeden Morgen voller Freude, wenn sie erfuhr, dass es ihren drei tierischen Freunden gut ging. Das war jedes Mal für sie beste Medizin – eine gesunde glückliche Seele stabilisiert jeden kranken Körper. Das konnte ich im Laufe der Jahre bei vielen unserer kleinen Patienten feststellen."

Der Vater, der dicke, schwere, so einflussreiche Geschäftsmann ist förmlich auf seinem Stuhl zusammengesackt, beim Anblick seines kleinen so geliebten Schatzes.

„Und ich kann scheinbar nichts machen – nichts bewirken, trotz meines Reichtums", geht es ihm durch den Kopf. Und er kann gar nicht begreifen, die Hilflosigkeit, mit der er, der bekannte »Macher«, sein Kind unvermindert laut röcheln hört. Aschfahl im Gesicht ergreift er die Hand der Erzieherin Tuckata, die sich inzwischen neben ihn gesetzt hat. Vermag es Tuckata, den völlig niedergeschlagenen besorgten, wie am Boden zerstörten Mann wieder aufzurichten?

Und der Vater lässt die Hand der jungen Erzieherin nicht wieder los. Er zieht sie neben sich her, mit in seine Wohnung.

„Tuckata, meine Beine schmerzen wie verrückt. Du musst mal wieder massieren – das kannst du ja gut. Die Massagesalbe steht auf dem Tischchen dort. Der Schmerz um mein Muckychen ist mir nicht nur in den Kopf gefahren, sondern plagt nun auch meine kranken Beine." Und der Chef setzt sich auf einen teuren Scherenstuhl, der zu einem Schreibtischset gehört. Tuckata hilft, die Kakihose herunterzuziehen, nachdem sie die blank geputzten Spezial-Gesundheitsschuhe von seinen Füßen streifte. Man sieht, dass sie diese Prozedur nicht zum ersten Mal mitmacht. Sie faltet die lange Hose und legt sie fein säuberlich über die Stuhllehne eines anderen Stuhles. Danach geht die junge Frau ins Bad, wäscht sich mit Seife die Hände und legt ein großes weißes Badetuch über die Schenkel ihres Arbeitgebers. Dabei versucht sie auch das Handtuch ein wenig um den Bauch zu schlingen, was nicht besonders gut gelingt. Zumindest hat sie erreicht, dass die Unterhose ihres Chefs bedeckt ist, wobei auch das fallende Oberhemd hilft. Sie setzt sich auf einen kleinen Hocker, streicht etwas Massagesalbe aus dem Glasbehältnis, verteilt die streng riechende grüne Salbe in ihren Handflächen und beginnt dicht über den braunen Stützstrümpfen sogleich mit leichter Massage. Dazu hat sie den Fuß des zu massierenden Beins zwischen ihre Schenkel auf den Hocker gestellt. Das war nicht ganz einfach, weil jede sportliche Betätigung der Beine oder Dehnung sofort Schmerzen bereitet – und das Hockerchen ist nur ganze 12 Zentimeter hoch. Damals, bei der ersten Massage hatte Tuckata noch versucht, die Strümpfe auszuziehen und Füße und Beine zu waschen oder zumindest mit lauwarmem Wasser befeuchteten Handtüchern die schmerzenden Beine wiederzubeleben.

„Das kann meine Masseuse im Massagesalon machen, die hat mehr Zeit. Fang du sogleich mit deiner Massage an – wollen uns gar nicht mit Nebensächlichkeiten aufhalten", so unterband der Chef die so gut gemeinte Behandlungsidee. Auf der anderen Seite spricht er im deutschen Freundes- und Bekanntenkreis sehr gerne von seinen thailändischen Masseusinnen. Er bemerkt gar nicht das häufige ungläubige Schmunzeln der Zuhörer, bezogen auf seine Gesamtbildung, denn die Zuhörer wissen:

Nach deutschem Duden bedeutet der Begriff »Masseuse« ganz einfach »Hure im Massagesalon«.

Aber jeder möchte der Freund dieses Dicken bleiben und so würde auch niemand es wagen, ihn zu verbessern. Auf der anderen Seite würde der im ganzen Land so geachtete Geschäftsmann es niemals zugeben, mit Huren zu verkehren.

Und während Tuckata mit ihrer Massage bei den Schenkeln angekommen ist, begegnen sich ganz kurz ihre Blicke. Dabei sieht der Massierte das gesamte Gesicht seiner Masseurin – der thailändischen Schönheitskönigin von Chiang Mai vor neun Jahren.

„Die Thais haben zumindest in einem Recht", so denkt er in diesem Moment:

„Die Mädchen und Frauen von Chiang Mai sind die schönsten auf der ganzen Welt. Auch alle Thai-Männer lieben sie wegen ihrer ebenmäßigen hellen Haut."

Der »Deutsche« schließt die Augen – und sieht in Gedanken seinen Urin über das ebene voller Schönheit strahlende Gesicht seiner Masseurin spritzen – ein Gedanke – ein Bild, dass immer wiederkehrt. Das war schon so beim ersten Mal, als er sie sah und zur Betreuung der Tochter einstellte.

„Und wenn es Jahre dauert, irgendwann werde ich der Erzieher dieser hübschen Erzieherin sein. Sie wird meine Sklavin werden – meine Untertanin ist sie ja schon heute. Dann werde ich meine »Sektspiele« mit ihr machen und über die totale Machtausübung und Unterdrückung dieser Schönheit zum sexuellen Höhepunkt kommen. Das passiert irgendwann demnächst – das ist so sicher, wie das »Amen« in der Kirche", so kommen ihm seine Gedanken, die er aber kurzerhand unterbindet, denn er ist nicht in der richtigen Stimmung. Vielmehr sinkt er auf dem Scherenstuhl völlig in sich zusammen und fängt an fürchterlich zu weinen. Ein totaler abrupter Stimmungsumschwung vom Peitsche schwingenden Sklavenhändler zum gekreuzigten Messias. Das bringen eigentlich nur wenige Menschen fertig — gespielt oder totaler Nervenzusammenbruch — bei dieser Person, nicht eindeutig zu bestimmen.

„Tuckata — liebste Tuckata — was soll ich machen? Hilf mir! Ich habe ja so große Angst! Mein Leben ist keinen Pfifferling mehr wert, falls mein Muckychen stirbt", stammelt er wie völlig aufgelöst. Stellt den hochgestellten Fuß nach unten neben die Sitzbank, zieht die junge Frau in seinen Schoß zwischen die Schenkel und umarmt sie, wobei er seine rechte Wange an ihre linke Wange lehnt.

Tuckata, die kluge Erzieherin ist total überrascht.

„Wie ist es nur möglich, dass dieser Unterdrücker und Peiniger zu solchen Gefühlen fähig ist?", fragt sich die junge Frau auf der Kleinen Sitzbank, in den Armen eines der reichsten »Ichmenschen« von ganz Thailand.

Nach einer Minute lässt der »Deutsche« seine Angestellte immer noch nicht los. Er sucht weiterhin Trost bei ihr und fährt schluchzend fort:

„Liebe Tuckata, offenbar kann niemand meinem Kind helfen — auch die ärztliche Kunst versagt. Niemand kann es retten — selbst meine vielen Millionen Dollar nicht. Ich bin ja so verzweifelt Tuckata — was kann ich nur noch machen? Gibt es noch einen Ausweg oder ist alles vorbei? Da, schau in die Schublade des Schreibtisches. Dort liegt eine deutsche Walther Pistole und Zyankali, ein Gift, das in Sekundenbruchteilen tötet. Wenn Mucky stirbt, mache ich es wie mein Deutscher »Führer« Adolf Hitler. Genauso wie er werde auch ich aus dem Leben scheiden. Die Giftkapsel zerbeißen und gleichzeitig der Schuss in die Schläfe —

das ist sicher." Und der »Deutsche« – Khun Jai (der Große) heult herzzerreißend wie ein Schlosshund.

Tuckata hat sich ein wenig gelöst – ganz nass von dem Tränenstrom ihres Gegenübers. Sie wischt mit einem Handtuch ihr Gesicht trocken, zieht einen Stuhl heran und setzt sich. Sie ist sprachlos, während ihr Chef immer noch herzzerreißend weint.

„Dieser Mensch sieht gar nicht mehr wie ein Chef aus", geht es ihr durch den Kopf.

„Der unerbittliche rücksichtslose Geschäftemacher sieht jetzt aus wie ein hilfloses »menschliches Würstchen«. Zusammengekauert auf dem Stuhl, den Rücken gebeugt mit dem herunterhängenden Hemd, dem über's Gemächt gebreiteten Handtuch und den nackten weißen Beinen – die Füße bedeckt mit braunen Stützstrümpfen:

Ein Mensch in höchster Not", fasst Tuckata das sich ihr darstellende Gesamtbild zusammen.

„Lieber, verehrter Khun Jai", beginnt sie – steht auf und wischt ihrem Chef mit einem Tuch die Tränen aus den Augen, setzt sich wieder und beginnt von neuem:

„Khun Jai, ich vermag natürlich nicht ihnen, meinem Arbeitgeber, Ratschläge zu geben. Schon gar nicht in dieser für uns alle so bedrückenden Ausnahmesituation. Wir lieben alle geradezu abgöttisch ihre Tochter. Zudem ist Mucky auch noch meine beste, ja einzige Freundin. Der plötzliche Tod ihres Freundes »Spatz« hat diesen furchtbaren Krankheitsschub verursacht und das Kind an den Rand des Todes gebracht. Wir alle müssen mithelfen, dass ein derartiger seelischer Schock sich nicht wiederholt. Mucky braucht Freude und keinerlei Depressionen. Was für uns alle zu tun ist, kann ich nur für mich selbst beurteilen:

So bete ich jeden Abend und bitte Buddha und den Herrn Jesu Christ, unser Muckychen wieder gesund zu machen. Der Glaube an Buddha und Jesus gibt mir Kraft. So tragen wir Thais fast alle Amulette aus thailändischen Tempeln an Kettchen oder Bändern um den Hals. Hier, sehen sie, Khun Jai, hier habe ich ein solches Amulett aus dem Tempel Nongbuase, aus der nordöstlichen Provinz Thailands, Nongbualamphu. Ich schenke es ihnen, und ich bin sicher, dass Buddha ihnen hilft. Und dieses Amulett ist heilig, weil es aus einem Tempel stammt und mir von einem Mönch mit der Hand persönlich übergeben wurde."

Und Tuckata steht auf und legt das Amulett in die Hände ihres verzweifelten Chefs.

Kurz darauf ist der Universitätsprofessor aus Bangkok da.

„Khun Jai, es handelt sich bei ihrem Kind tatsächlich um einen lebensbedrohenden starken Schub. Ich habe ihre Tochter untersucht und die letzten Bluttest-Ergebnisse mit berücksichtigt. Wir beginnen sofort wieder mit der Chemotherapie. Es muss verhindert werden, dass das Immunsystem zusammenbricht, weil die weißen Blutkörperchen schlagartig ansteigen. Jegliche Beunruhigung des Kindes, auch negative Geschehnisse aus dem Familienkreis, müssen unbedingt von ihm ferngehalten werden − jede weitere Aufregung kann tödlich sein!"

Und tatsächlich, die Therapie schlägt positiv an. Innerhalb einer Woche erscheint der kleine Körper der Patientin wieder ein wenig stabiler. Auch das Gesicht hat etwas Farbe bekommen.

Aber insgesamt gesehen ist Mucky weiterhin unendlich traurig. Trotzdem bittet sie darum, ihren Vater zu holen, zusammen mit Tuckata.

„Na mein Muckylein", beginnt der Vater.

„Mein kleiner Liebling. Der Arzt sagt, dass es dir schon viel besser geht. Ich sehe dich in Gedanken bereits durch die Gegend sausen. Warte, hab noch etwas Geduld, bald bist du wieder gesund."

„Ja Papa, ich fühle mich heute bereits viel stärker als zuvor. Ich habe aber eine Bitte an dich – genauer gesagt sind es zwei Bitten. Tuckata wird mich dabei sicher unterstützen."

„Egal was du möchtest – mein Sonnenschein – deine Wünsche sind mir regelrecht Befehl", antwortet der Vater – großspurig wie immer.

„Papa, stelle bitte die Chef-Köchin wieder ein. Sie hat keine Schuld am Tod meines Spätzchens. Es war ein böser Unfall – niemanden trifft eine Schuld. Das weiß ich mittlerweile.

Und die zweite Bitte: **Hole unseren Mönch.**

Wenn er mich besucht, werde ich bestimmt gesund. Tuckata und ich erhielten von ihm zwei Amulette geschenkt. Vielleicht steht hinten der Name seines Tempels drauf. Jetzt bin ich aber wieder sehr müde – lasst mich schlafen."

Und tatsächlich. Wie von Mucky angedeutet geschieht es. Es handelt sich um den großen Tempel von Khon Gent, den Tuckata und der Chauffeur ansteuern. Und sie haben Glück:

Ihr Mönch befindet sich im Tempel und ist sogleich bereit, mitzukommen, als er von der Krankheit der kleinen Mugda hört. Sie gehen zu dritt zum Obermönch, dem Leiter des Tempels. Beide Mönche sehen sich nur Sekunden lang an, dann ist die Abmeldung vollzogen und der mit Mucky befreundete Mönch kann zu ihr reisen.

Die Schwestern haben Mucky mehrere Kissen in den Rücken gelegt, sodass sie nun einigermaßen bequem aufrecht sitzen kann. Der Mönch befindet sich, von der Patientin aus gesehen rechts auf halber Höhe des Krankenbettes und Tuckata rechts vom Mönch. Der Mönch und Mucky haben so Sichtkontakt, ohne dass die Patientin den Kopf verdrehen muss. So sitzt der Tempeldiener über eine Minute sehr aufrecht und betrachtet das kleine Mädchen. Dabei hat er den linken Arm rechts und den rechten Arm links in den Ärmel seiner Mönchskutte geschoben. Es ist mucksmäuschen-still in dem so sterilen unpersönlichen Krankenzimmer und man hat den Eindruck, als würde der Mönch beten. Auch das behandelnde Team, Spezialarzt und Krankenschwestern, hat diesen Eindruck, obwohl der Mönch kein einziges Wort sagt.

Die kleine Patientin sitzt derweil artig in ihrem Bett. Dabei hat sie die Hände gefaltet und auf die Zudecke gelegt. So verharrt sie die Minute mit geschlossenen Augen, ohne sich zu rühren. Auch der Doktor und die Schwestern befinden sich einige Meter entfernt regungslos auf ihren Stühlen. Auch sie haben die Hände gefaltet. Als gläubige Buddhisten empfinden sie die ganze Szene als eine heilige Handlung. Buddha selbst hat sich durch einen seiner Mönche der kleinen kranken Patientin zugewendet. Alle drei sind sich sicher, dass der große Siddhartha Gautama auch helfen wird.

Nach besagter Minute steht der Mönch auf, sieht sich im Zimmer um und holt aus einer Ecke einen kleinen Stuhl, den er an die linke Seite des Krankenbettes stellt. Er öffnet seine umgehängte Mönchstasche und entnimmt ein aus bunten Bändern geflochtenes etwa 33 Zentimeter langes amulettartiges Gebilde (siehe Seite 6). Dieses so filigrane Geflecht bindet er an die Stuhllehne des kleinen Stuhls. Er ergreift ganz sachte Muckys linken Arm und führt die kleine Hand an das amulettartige Gebilde – ein heiliges Emblem – geflochten mit den Händen dieses Mönches in einem thailändischen Tempel. Der Arm der kleinen Patientin reicht gerade so heran. Der Mönch hält Muckys Hand mehrere Sekunden an das so interessant aussehende Gebilde und führt dann die kleine Hand zurück auf die Zudecke.

Der Mönch setzt sich wieder, wendet Mucky eine weitere Minute sein so ausdrucksvolles und Güte ausstrahlendes Gesicht zu – dann erhebt er sich und geht – wieder ohne ein Wort zu sagen.

„Auf Wiedersehen (Lagon), mein stummer Mönch", sagt Mucky leise, mehr zu sich selbst – und schläft ohne jegliche Ankündigung urplötzlich im Sitzen ein.

Die Zeit vergeht und nach 10 Tagen ist bei der Patientin eine unerwartete Besserung eingetreten. Auch der Universitätsprofessor aus Bangkok ist regelrecht erstaunt. Das Beste bestätigt er:

„Das weitere ungezügelte Anwachsen der weißen Blutkörperchen ist völlig gestoppt."

Und so erscheint es dann auch folgerichtig, dass Tuckata, Mucky und der Mönch wieder auf der Terrasse sitzen. Als der Mönch sieht, dass Mucky mit traurigem Gesicht nach oben zu der 12 Meter entfernten Dachrinne schaut, aus der vor gar nicht langer Zeit ihr Spätzchen herunterfiel, ergreift er vorsichtig ihre kleinen Hände und umschließt sie sanft mit den seinen. Das geschieht wieder eine ganze Minute lang, wobei er die gesamte Zeit die Augen geschlossen hält.

Nach weiteren zwei Tagen darf Mucky bereits spazieren gehen. Und am dritten Tag geht es richtig los.

Bauern und Landarbeiter können gar nicht begreifen, welches Bild sich ihnen darbietet. Durch den Wald und an Reisfeldern vorbei über die sandigen Wege bewegt sich ein gar merkwürdiger Trupp:

Voran geht Tuckata mit der herrlichen Islandstute »Fanny« am Zügel. Einige Meter dahinter folgt die

Beagle-Hündin »Zita«. Sie zieht dermaßen an der Leine, dass ihre zierliche Besitzerin sie fast nicht halten kann. »Zita« möchte keinesfalls den Kontakt zu der im Schritt gehenden Fanny verlieren. Und neben der, vor kurzem noch dem Tode geweihten kleinen Dauerpatientin, schreitet der 27-jährige Mönch dahin – barfuß, seine Stoffumhängetasche haltend.

Plötzlich geht »Zita« nicht weiter und macht Männchen.

„Das ist schon ein merkwürdiger Jagdhund", sagt Mucky an den Mönch gewandt.

„Ich könnte »Zita« jetzt loslassen – sie würde weiterhin sitzen und Männchen machen. Als guter englischer Jagdhund müsste sie eigentlich jedem Wild nachjagen, aber das macht sie nicht. Doch ihr jetziges Männchenmachen ist auch etwas ganz Ungewöhnliches – sie hat eine Schlange bemerkt und will uns warnen."

Und der Mönch streckt Arm und Zeigefinger in Richtung einiger Grasbüschel. Jetzt sieht auch Mucky die junge Speikobra, die sich dort versteckt hält.

Zu schön und voller Hoffnung waren die letzten Tage – alle machten bereits Pläne für die Zukunft. Doch völlig unerwartet tritt bei der kleinen Patientin eine starke Verschlechterung ein – es muss sogar Blut ausgetauscht werden.

Der Vater eilt sofort ans Krankenbett der Tochter – völlig aufgelöst in Tränen. Seine väterliche Aufgabe wäre es gewesen, das Kind aufzumuntern. Doch das Gegenteil ist der Fall. Dieser Vater sieht nur wieder sich selbst und die eigenen Probleme.

„Liebes Muckychen, werde bitte wieder gesund. Verlasse uns nicht. Dann könnte auch ich nicht mehr weiter leben. Hier, sieh mal, Tuckata hat mir diesen kleinen Talisman (Prak) gegeben. Sie sagt, er würde mir helfen. Sieh mal, Mucky", und er legt die Plakette mit dem Buddha in die Hände seiner kleinen, doch so tapferen Tochter.

„Ja, Papa, dieser kleine Buddha wird dir helfen, da kannst du Tuckata glauben. Er ist heilig, weil er aus einem Tempel kommt", sagt sie mit leiser Stimme und legt die kleine Plakette zurück in die Hände des Vaters.

„Du, lieber Papa, kannst noch mehr tun. Sprich mal mit dem Mönch, auch wenn der Mönch selbst nicht spricht. Suche seine Nähe — er wird dich aus deiner verzweifelten Lage befreien."

Die Ärzte haben dem »Deutschen« erklärt, dass das Leben der Tochter am seidenen Faden hängt. Die kleinste Aufregung kann den Tod bedeuten. Es ist ganz eindeutig, dass der zierliche geschwächte Körper der Tochter weitere Wochen mit unvermindert harter Chemotherapie nicht überstehen wird.

„Im Grunde", so die Ärzte …
„kann nur noch ein Wunder helfen!"

Der »Deutsche« — der von allen so geachtete »Khun Jai« befindet sich in einem regelrechten Ausnahmezustand. Bisher war es so, dass er nur die Steuerberater und weitere Experten um ihren Rat fragen musste und schon war er imstande, weitreichende Entscheidungen zu fällen. Und dieses System funktionierte hervorragend. Immer mehr Millionen kamen zu den Milliarden dazu. Das war sein Lebensinhalt — ja seine Lebensaufgabe und gleichzeitig sein Hobby — die Vermehrung seines Vermögens.

Aber wen sollte er wegen seiner sterbenskranken Tochter um Rat fragen? Kein Steuerfachmann und kein Arzt war fähig, das Kind zu heilen! Seine Ehefrau heulte auch nur noch rum und war ihm deshalb ebenfalls keine Hilfe. Ihm war klar, dass er an einem Scheideweg angekommen war. Er wusste, dass er sich am eigenen Schopfe ziehend nicht befreien konnte. Er befand sich in einer regelrechten Zwangsjacke, ohne jede Hoffnung, aus dieser Falle herauszukommen. Er befand sich erstmals in einer ausweglosen Lebenssituation – erschreckend:

„Selbst mit Geld – mit viel Geld ist nichts zu machen", sagte er sich. Aber er liebt sein Kind abgöttisch...

"Nur mein Muckychen ist mein Lebensinhalt – für mein geliebtes Kind würde ich all meinen Reichtum eintauschen – aber wer übernimmt bei diesem Tauschgeschäft in diesem Falle meine Beratung, anstatt der Steuerfachleute und all der anderen, für mich tätigen Wirtschaftsexperten? Ich allein bin dazu nicht fähig – das wird mir immer klarer!"

Es ist Punkt 04.00 Uhr morgens. Man hat sich in der Wohnung des Chefs getroffen. Der Mönch schrieb gestern das heutige Datum und diese ungewöhnliche Uhrzeit auf einen Zettel, als Tuckata im Namen des Hausherrn um ein Gespräch bat. Zusätzlich erläuterte der Mönch, dass 04.00 Uhr morgens die Zeit ist, in der der Mensch zu seinen klarsten Gedanken fähig ist.

Der Chef sitzt an der Stirnseite des Tisches und der Mönch und Tuckata rechts und links von ihm. Auf dem Tisch stehen Mineralwasser, Säfte und Gebäck. Der »Deutsche« und Tuckata trinken etwas, während der Mönch nichts anrührt. Er sitzt nur da und blickt auf einen Block mit weißem Schreibpapier und einen Bleistift, die vor ihm liegen. Dann beginnt Muckys Vater in Englisch zu sprechen:

„Lieber Mönch, liebe Tuckata. Mein Muckychen hat mich gebeten mit euch zu sprechen. Mucky ist fest davon überzeugt, dass der Mönch mir helfen wird. Ich bin völlig verzweifelt, weil ich Angst habe, dass meine geliebte Tochter stirbt. Danach hätte das Leben auch für mich keinerlei Sinn mehr – Pistole und Giftkapsel liegen schon bereit", und an Tuckata gewandt,

„du hast sie ja gesehen."

Dann wendet er sich direkt dem Mönch zu. Dazu dreht er sein Gesicht und holt tief Luft:

„Ich weiß aber gar nicht, weshalb ich das alles dir, lieber Mönch, erzähle, denn ich kenne dich ja gar nicht – weiß nicht einmal deinen Namen. Und an Gott und Buddha glaube ich sowieso nicht!"

Und der dicke schwere Mann sackt auf seinem Stuhl kraftlos zusammen und wimmert leise vor sich hin.

Der Mönch sitzt in sich versunken eine ganze Minute regungslos da. Tuckata fragt sich, ob er das Gewimmere des Vaters überhaupt wahrnimmt. Dann nimmt der Mönch den Bleistift in die Hand und beginnt in englischer Sprache zu schreiben:

„Lieber besorgter Vater der Mugda, mein Name ist Siddhartha Gautama. **Ich bin der 37ste direkte Nachfahre des Buddha** – genauer gesagt, des Sohnes von Buddha, als der Buddha noch nicht der Buddha war und am Fürstenhofe seines Vaters mit 19 Jahren selbst Vater wurde. Die biologischen Nachfahren des Buddha, und es gab in den 2.565 Jahren seither sehr viele, wurden stets strengen Prüfungen unterworfen, so dass im steten Wechsel der Generationen nur einige wenige den Ehrentitel »Nachfahre des Buddha« erhielten. Ich selbst bin der 37ste. Diese kleine Schar der Auserwählten wurde in Tempeln aufgezogen und hat den Namen Siddhartha Gautama erhalten. Allerdings, wenn du in meinen Ausweis blickst, wirst du sehen, dass ich dort einen ganz gewöhnlichen Thai-Namen habe. Unsere direkte Abstammung von Buddha ist nur wenigen Menschen bekannt."

Der Mönch schiebt das beschriebene Blatt Papier zum »Deutschen« und einen Durchschlag zu Tuckata. Das ist möglich, weil ein Blaupapier unter dem obersten Blatt lag.

Der »Deutsche« und Tuckata lesen die in Englisch fein säuberlich aufgeschriebenen Sätze – und sind sprachlos über den Inhalt der verfassten Zeilen. Der »Deutsche« fängt sich als erster und fragt mit ein wenig unwirsch klingender Stimme:

„Dann kannst du ja auch wie Buddha Wunder vollbringen. Wirst du mit deinen Kräften meine Tochter heilen?"

Und der Mönch beginnt sogleich wieder zu schreiben. Nach drei Minuten schiebt er wie zuvor die beiden Blätter zu der jeweiligen Person und beide lesen wieder die so sauber geschriebenen Wörter:

„Jesus hat mehrfach Kranke geheilt und Tote zum Leben erweckt... das hat Buddha nie getan. Buddha hat dagegen immer versucht, die Menschen zum Guten zu bewegen und sie ermuntert einander zu helfen. Er hat immer vom »Rechten Pfad« gesprochen. Jeder konnte zu ihm kommen, egal welchen Glaubens, um sich helfen zu lassen, wieder auf den rechten Weg zu kommen – um den Rat des Buddha bitten. Im Augenblick scheint es aber so zu sein, dass du, Vater der Mugda, von niemanden einen Rat annehmen wirst – selbst der allmächtige Thewada (Gott) vermag dir in der jetzigen Situation nicht zu helfen. Du bist gefangen in deiner eigenen Person, und dir kann nur einer helfen – und das bist du selbst – du ganz alleine. Lass uns morgen in den Tempel fahren – vielleicht weist Buddha dir einen Weg, wie du dein verschlossenes Herz öffnen kannst. Pistole und Giftkapsel werden dann überflüssig."

Am nächsten Morgen, Punkt 07.00 Uhr betreten sie den Tempel und gehen sogleich zum leitenden Mönch. Der »Deutsche« überreicht dem schon älteren Abt einen Briefumschlag mit 200 Baht, wozu ihn Tuckata aufgefordert hatte. Dann kniet Tuckata nieder und der »Deutsche« macht es ihr nach einigem Auffordern nach – allerdings schafft er es nur auf ein Knie. Der alte

Mönch ergreift eine Schale mit geweihtem Wasser und bespritzt nach einem Eintauchen eines Strauches in die Schale mehrfach Wasser über die beiden Knieenden. Dazu spricht er in der Sprache der Mönche – der Sprache Pali – zu den beiden. Nach etwa einer halben Minute ist das Tempelritual vorbei. Tuckata steht auf und hilft auch dem »Deutschen« sich zu erheben. Während der ältere und der jüngere Mönch nun den anderen beiden Personen gegenüber stehen, fragt der Abt den »Deutschen« auf Englisch nach seinem Alter, was dieser mit

„75 Jahre", beantwortet.

Plötzlich erscheinen zwei Mönchsanwärter (Novizen, in Thailand »nen« genannt), höchstens 14 und 17 Jahre alt mit einem riesigen goldfarbig glänzenden Schlüssel. Da ihnen Muckys Mönch folgt, folgen sogleich auch Tuckata und der »Deutsche«. Sie gehen zu einem herrlichen Tempelgebäude, das mit zum Gesamtkomplex gehört. Die Mönchsanwärter öffnen die riesige Doppeleingangstür und alle Fünf treten ein.

Drinnen herrscht eine Schummerbeleuchtung vor. Elektrisches Licht gibt es nicht. Die beiden Jungmönche und der Gastmönch beginnen aber sogleich die vielen Kerzen anzuzünden, die den Tempelraum mit magischem Licht durchfluten.

„Es müssen über 1.000 Kerzen sein – welch eine Verschwendung", denkt der »Deutsche« für sich.

Und richtig, das Kerzenentzündungsritual dauert wohl über eine gute halbe Stunde. Riesige gelbe, rote, rosafarbene, beige, grüne und weiße Kerzen schmücken eine ganze Anzahl von Altären – die immer wieder von meist einfarbigen wertvollen Tüchern bedeckt werden. Man denkt unwillkürlich an Wolkenstores, wie sie oft als Gardinen vor Fenstern hängen. Im Hintergrund, auf dem größten Altar befindet sich eine gar prächtige golden glänzende Statuette des Buddha – wohl über 3,5 Meter hoch. Links und rechts wird die Figur von riesigen mehrarmigen Leuchtern begrenzt, mit mindestens jeweils 25 gelben, bis zu einem Meter hohen Kerzen.

Derweil sitzen der »Deutsche« und Tuckata etwas abseits auf geschwungenen Holzstühlen. Beide sind ganz erstaunt darüber, wie sich der gesamte Tempelinnenraum nach und nach sich ihnen in immer prächtigeren Bildern darstellt. Während der Raum immer heller wird, nimmt der »Deutsche« zunehmend mehr Buddha-Figuren wahr, die aus dem Schummer nach und nach auftauchen. Er beginnt zu zählen und kommt auf 13 herrliche Statuen, und zwar goldene, mit grüner Patina bedeckte und matt-bronze-glänzende wohl einzigartige sehr alte antike Figuren.

„Die müssen ja ein Vermögen wert sein", beurteilt er für sich selbst, als er beim Zählen der Buddhas bei 13 angekommen ist. Das gesamte Altar-Areal ist halbkreisförmig mit einem 10 Zentimeter dicken Schiffsseil abgegrenzt, das oben durch die Ösen von ein Meter hohen, messingfarbenen Säulen gezogen ist. Der Mönch bedeutet den beiden Gästen, bis an die Seilbegrenzung zu gehen. Dort nimmt der »Deutsche« auf einem Stuhl Platz und Tuckata kniet sich neben ihn auf eines der vielen herumliegenden Kissen. So haben beide einen unverstellten Blick auf das ungewöhnliche Panorama, eingefangen in das flackernde Licht von wohl über 1.000 brennenden Kerzen. Der Mönch und die beiden Anwärter setzen sich währenddessen auf Stühle unmittelbar an die Außenwände des Tempelinnern.

Da inzwischen auch die Eingangstür geschlossen wurde, herrscht innerhalb des Tempels absolute Ruhe. Auch von draußen ist nichts zu hören, obwohl nur wenige

Meter entfernt viele Menschen den geschäftigen Wochenmarkt besuchen.

So ist wohl eine halbe Stunde vergangen. Tuckata hat die Augen geschlossen und bittet Buddha um die Gesundheit ihrer kleinen Freundin Mucky. Derweil sitzt der »Deutsche« mit krummem Rücken auf seinem Stuhl und starrt mit offenen Augen in die Buddhas mit dem Kerzenmeer. Er wird von Minute zu Minute immer unruhiger.

„So lange habe ich noch niemals irgendwo rumgesessen, ohne etwas zu tun", sagt er sich.

Bereits nach 15 Minuten fühlt er sich dermaßen unwohl, sodass er am liebsten gehen möchte. Er reißt sich aber zusammen, indem er sich einredet, diese ungewöhnliche Prozedur nur für sein geliebtes Töchterchen Mucky zu machen. In diesem Moment vermag er, auch nicht ansatzweise zu erkennen, dass ihm, oder aber der Tochter hier geholfen werden könnte.

Doch genau nach 30 Minuten tritt bei ihm so etwas wie ein Stimmungsumschwung ein.

„Ist schon seltsam − ich bin jetzt ganz ruhig", sagt er zu sich selbst.

„Hier müsste ich wohl öfter hingehen, um meinen Puls ganz nach unten zu fahren. Ungewöhnlich ist allerdings auch, dass mich meine Geschäfte im Augenblick überhaupt nicht interessieren."

Und ganz plötzlich kramt er in der Hosentasche herum und zaubert den kleinen Buddha in seine Hände, den ihm sein Kind am Krankenbett zurückgab. Er erinnert sich daran, dass er die heilige Plakette von Tuckata als Trost erhielt, während er aufgelöst in Tränen einen Nervenzusammenbruch hatte. Er umgreift die bronzene Plakette mit aller Kraft. Und plötzlich sieht er in Gedanken das liebeswürdige, so viel Güte ausstrahlende

Gesicht von Muckys Mönch vor sich – die eigene Ahnentafel in der Hand.

»Siddhartha Gautama der 37igste, bis zurück zum Todestag des großen Buddha vor nunmehr 2.565 Jahren – und weiteren 81 Lebensjahren, bis hin zu seiner Geburt am Fürstenhofe seiner Eltern!«

„Eine merkwürdige und dennoch ganz ungewöhnliche Geschichte! Und diese Geschichte widerfährt mir, dem »Deutschen«, den man das »Schwein« nennt", kommen ihm so gewisse selbsterkennende Gedanken, aber auch durchsetzt von ungläubigem Staunen.

„Obwohl in dieser Stunde äußerlich rein nichts passiert, habe ich das merkwürdige Gefühl, als wollte mir jemand helfen! Ich bin innerlich völlig ruhig. Die große Leere, die mich ergriffen hatte, ist wie weggeblasen! Hat mir jemand etwas gegeben, ohne dass ich darum gebeten habe – ohne dass ich dafür bezahlen musste? Das ist mir in meinem an Ereignissen so reichen Lebens noch niemals passiert. Jedes Ding und jede Dienstleistung haben ihren Preis – war eigentlich meine bisherige Erfahrung und Lebensphilosophie!"

Nach genau einer Stunde kommt der Mönch an die Altäre und bedeutet dem »Deutschen« und Tuckata, ihm zu folgen. Tuckata geht noch zu den beiden Mönchsanwärtern und bedankt sich mit einem »Wai«. Danach spazieren alle drei, einige Umwege machend, zum Leiter des Tempels, der in seinem riesigen Arbeitsraum am Schreibtisch sitzt. Tuckata bedankt sich mit einem »Wai« und genau so macht es der »Deutsche«.

„Mein erster »Wai« vor einem Mönch", macht er sich die ungewöhnliche Situation klar.

„Khun Jai, falls es ihnen in Buddhas Tempel gefallen hat, können sie uns jederzeit wieder besuchen – sie sind herzlich willkommen", sagt der Abt, an den »Deutschen« gerichtet. Und dieser antwortet:

„Verehrter Obermönch, der Besuch bei ihnen hat mir sehr gut gefallen. Es ist das erste Mal, dass ich während meiner 20 Jahre in Thailand einen Tempel betreten habe. Und regelrecht erstaunt bin ich darüber, wie ruhig ich während der Stunde mit ihren 13 Buddhas in dem Schein von über 1.000 flackernden Kerzenflammen geworden bin. Ich habe das Gefühl, als könnte ich nun viel klarer denken als vor dem Besuch."

„Der Tempel ist eine Stätte der Ruhe und Besinnung. Und Buddha hilft, die Gedanken zu ordnen und klarer zu machen", erwidert der 1. Mönch des Tempels.

„Eine Frage hätte ich noch, ehe wir gehen", meldet sich noch einmal der »Deutsche« zu Wort.

„Ich habe bemerkt, dass der gesamte Tempel eine Baustelle ist. Überall an Wänden, Dächern und Zinnen bis hinauf in schwindelnde Höhen sieht man Baugerüste – sogar die Tempelumgrenzungsmauer ist erst halb fertig. Alle Arbeiten wurden begonnen, aber nichts ist zu Ende geführt, und das Merkwürdige:

Nicht ein einziger Bauarbeiter ist zu sehen."

„Das ist leider richtig", antwortet der Leiter der Tempelanlage und fährt fort:

„Wir Mönche und die Tempelanlagen, die ja einzig und allein für unsere Bürger da sind, werden unterhalten von den Spenden der gläubigen Buddhisten Thailands. Leider sind heute in Zeiten von Corona diese Spenden gegen Null gegangen. Die Menschen haben kein Einkommen und müssen an sich selbst und ihre Familien denken. Wir haben gerade berechnet, dass uns genau 2.560.000 Baht fehlen, um die Bautätigkeiten im Tempel zu beenden. Schon merkwürdig für uns alle – die Summe entspricht fast genau dem tausendfachen unserer heutigen thailändischen Jahreszahl (2.565) – gerechnet vom Todestag an, unseres Herrn – des Buddha."

In den »Deutschen« kommt Bewegung. Er zieht einen Stuhl heran, setzt sich vorne an den Schreibtisch des Abts und legt seine kleine Ledertasche auf den Tisch. Er öffnet die Tasche, holt sein Scheckheft und einen Schreiber heraus und füllt einen Scheck aus. Anschließend zaubert er aus der Tasche ein Stempelkissen und einen kleinen Lederbeutel hervor. Er zieht das Verschlussband des Säckchens auf und entnimmt einen Stempel. Nun befeuchtet er den Stempel mit der Druckerfarbe und stempelt den Scheck. Als Letztes unterschreibt er im Bereich des Stempelabdrucks mit seinem Namen. Danach steht er auf und reicht dem Leiter des Tempels den nun korrekt ausgefüllten Scheck.

„Hier, lieber Tempelvorsteher, ist ein Barscheck über 2.560.000 Baht bei einer großen thailändischen Bank. Beenden sie die hässliche Baustelle und laden sie mich zur Einweihung ein, wenn alles fertig ist."

Der »Deutsche« erhebt sich vom Stuhl, dreht sich um und geht – und der Mönch und Tuckata folgen.

Nach der Heimkehr sitzt der besorgte Vater am Krankenbett seiner Tochter. Er hält ihre kleine Hand, obwohl der Spezial-Doktor eigentlich jede körperliche Berührung zwischen Patient und Besucher untersagt hat. Tuckata und der Mönch sitzen daneben und sehen zu. Für beide ist es sehr interessant und auch aufschlussreich, mit welchem Wortschwall der Vater der Tochter von seinem Tempelerlebnis mit den 13 Buddhas berichtet.

„Dieser »Ich-Mensch« hat doch etwas gelernt", so geht es Tuckata durch den Kopf.

„Er hat wohl zum ersten Mal in seinem Leben eine größere Summe Geld mit anderen Menschen geteilt. Er, der niemals einem Bedienungsmädchen in einem Esslokal 20 Baht Tip gegeben hat, verteilt ganz plötzlich zweieinhalb Millionen Baht an Fremde, von denen er keinerlei Nutzen hat – keine Gegenleistung zu erwarten hat. Er, der Dollarmilliardär, der gerne ins Speiserestaurant geht und es dann auch noch Freunden empfiehlt, weil das komplette Frühstück nur 89 Baht (2,50 Euro) kostete. Selbst die 11 Baht Rückgeld verstaute er dann, wie ganz selbstverständlich, in seiner Geldbörse – nach Bezahlung mit einem 100 Baht-Schein. Dieser rücksichtslose Mensch, der größte private Geldverleiher des Landes, der jeden säumigen Schuldner sofort vor den »Kadi« schleppt, zeigt menschliche Züge."

Der Vater möchte seinem Kind erklären, dass der Tempelbesuch für ihn eine ganz neue und lehrreiche Erfahrung war. Doch plötzlich bemerkt er für sich selbst, dass es wohl nicht so eine gute Idee war, als Umgangssprache innerhalb der Familie Englisch zu wählen. Eigentlich wäre ja Deutsch die sinnvollste Sprache gewesen, weil ja auch der Hausvorstand Deutscher ist. Er stellt aber mit einigem Staunen fest, dass er gar nicht fähig ist, seiner Tochter die ihm im Tempel widerfahrenen neuen Erkenntnis-zusammenhänge in der englischen Sprache zu erklären:

„Geduld, Innere Ruhe, Großzügigkeit, Abgeben an andere, Teilen…sind Wörter, die in meinem englischen Wortschatz gar nicht vorhanden sind. Diese Begriffe spielten bisher in meinem Leben keine Rolle, weil entsprechende Lebenssituationen, in denen man sie nötig gehabt hätte, gar nicht auftauchten.

Andere Menschen **unterdrücken, quälen, demütigen, auf Abhängigen herumtreten, zu Sklaven machen – ihnen klar und bestimmt sagen, wo's langgeht:**

dafür benötigt man andere Vokabeln – die ich alle ganz perfekt beherrsche!"

Mucky hat richtig Farbe im Gesicht bekommen –

„Das ist ja ganz ungewöhnlich für meinen Papi – in welch einem Eifer er über seinen Tempelbesuch berichtet", denkt sie.

„Lieber Papa, ich fühle mich fast wieder gesund, nachdem du mir all die schönen Dinge erzählt hast. Ich habe deine Erlebnisse nachempfunden, als wäre ich mit dabei gewesen. Du weißt Papa, dass ich erst richtig glücklich bin, wenn ich dein Glück mit dir teilen kann, wenn ich an deinem Erlebten teilhaben darf.

Aber eine Sache betrübt mich – ich träume immer wieder den gleichen Traum:

»Hunderte Männer, Frauen und Kinder sind bei der Ernte auf deinen Reisfeldern – und sie singen alle im Chor die schönen rhythmischen Lieder der Negersklaven aus den amerikanischen Südstaaten – in einer Sprache, die ich nicht verstehe – wohl so'n Gemisch aus Spanisch, Englisch und vielen Wörtern aus ihrer Heimat in Afrika.«

Das muss also etwa im Jahre 1850 sein, denn 1862 erhielten sie ja vom amerikanischen Präsidenten Abraham Lincoln die Freiheit, wie Tuckata mich belehrte."

„Aber Kind", so der Vater,

„mach dir doch nicht unnötig Sorgen um andere Leute – du willst doch gesund werden und musst in allererster Linie an dich selbst denken!"

Und an Tuckata gewandt:

„Tuckata, belaste doch das Kind nicht mit so'n Kram. Was interessiert uns das Schicksal der Negersklaven vor 172 Jahren?"

„Aber Papa, der Traum gibt mir schon zu denken. Weshalb kommt er immer wieder – und weshalb singen deine thailändischen Erntearbeiter nicht Lieder aus unserer Heimat in der Thaisprache – unseren schönen Moalam (Volkslieder der Provinz Isaan)?

Jedes Mal hämmert die Frage in meinem kleinen Kopf:

Sind unsere Erntearbeiter mit den vielen kleinen Kindern etwa auch Sklaven, obwohl König Rama V 1905 die Sklaverei in Thailand abgeschafft hat?"

Ein Super-Kapitalist hat eine Vision:
Abgeben und Teilen: * Geld und Kapital

* Macht und Einfluss

Es ist 04.00 Uhr morgens. Wie bereits Tage zuvor, sitzen Tuckata und der Mönch wieder in den Wohnräumen des »Deutschen«. Dieser beginnt auch sogleich das Gespräch an der Stirnseite des Tisches:

„Lieber Mönch, liebe Tuckata, ich freue mich, dass wir drei wieder zusammen sind. Mein Muckychen ist fest davon überzeugt, dass ihre Heilung nur von dir ausgehen kann, lieber Mönch. Sie glaubt felsenfest daran, dass nur du imstande bist, ihr zu helfen. Ihr Glaube an dich ist geradezu unerschütterlich, obwohl sie genauso wie auch ich weiß, dass Buddha keine Wunder vollbringt.

Doch eine Sache ist für mich, als bekannter Geschäftsmann und auch als Mensch, schon sehr erstaunlich – beschäftigt mich Tag und Nacht und lässt mich gar nicht mehr zur Ruhe kommen:

Meine kleine Tochter hat das Gefühl, dass meine Erntearbeiter Sklaven sind, und sie bezieht diese Einschätzung auf alle meine 3.500 Arbeitnehmer!

Und das Merkwürdige ist, irgendwie hat sie Recht – das muss ich unumwunden zugeben, denn:

- ich stelle meine Arbeiter ein
- bestimme ihre Aufgaben und die Höhe ihres Gehaltes
- bestimme ihren Arbeitsrhythmus – schnell oder langsam
- wechsele sie überall dort, wo es möglich ist, gegen Maschinen aus
- erwarte absoluten Gehorsam – ich dulde keinerlei Widerrede, nicht vereinbarte zusätzliche Tätigkeiten und Überstunden müssen als willkommene Pflicht empfunden werden
- jeder Arbeitnehmer muss sich 24 Stunden in Bereitschaft halten – jederzeit für mich da sein, ohne auch nur aufzumucken
- jeder meiner 3.500 Arbeiter muss mir täglich seine Dankbarkeit zeigen, dass er in dieser beschäftigungsarmen Region für mich arbeiten darf
- jeder ist von mir abhängig – ja mir geradezu untertan und kann täglich von mir, ohne einen Grund fristlos gekündigt werden
- und jeder, der sein Arbeitsleben hinter sich hat, muss sehen wo er bleibt – er muss rechtzeitig Kinder in die Welt setzen, die ihn versorgen – denn Rente oder Krankengeld gibt es nicht.

Ja lieber Mönch, liebe Tuckata – es fehlt nur noch das Wort »Prügelstrafe« und Muckys Sklaventräume würden sich bewahrheiten!"

Der »Deutsche« macht eine kurze Pause, holt tief Luft und fährt fort:

„Zu dieser Erkenntnis bin ich nach einigen schlaflosen Nächten nunmehr gekommen ... mein kleines hilfloses Töchterchen hat mich belehrt! Ein achtjähriges Kind zeigt mir »wo's langgeht«! Mein bisheriges Leben fällt wie Schuppen von mir ab und mein neuer Lebensweg liegt klar vor mir − ganz so als hätte Buddha in meinem Gehirn den Chip »Kapitalist« gegen einen neuen Chip ausgewechselt, der das »Wir und das Soziale« beinhaltet und auch fordert.“

„Verehrter Khun Jai“, übernimmt Tuckata die Antwort,

„ich bin erstaunt zu welchen neuen Gedanken du fähig bist − du mein mächtiger Arbeitgeber. Ein achtjähriges Mädchen kann diesen plötzlichen Sinneswandel allein aber nicht bewirkt haben. Hat Buddha an dir im Tempel doch ein Wunder vollbracht − obwohl wir alle wissen, dass von Buddha keine Wunder zu erwarten sind?“

Und sogleich wird der Mönch wieder aktiv. Da er auch weiterhin nicht spricht, beginnt er sofort wieder zu schreiben. Nach getaner Arbeit reicht er je ein Blatt an die anderen beiden Personen weiter. Zusätzlich übergibt er zwei ausgedruckte Papierseiten, die er aus seiner Stofftasche zog, mit der Bitte, sie vorzulesen.

Und nach kurzem Überlegen liest der »Deutsche« den an ihn geschriebenen und danach den gedruckten Text laut vor:

„Khun Jai, sie haben eine sehr treffende Beschreibung ihres Verhältnisses zu ihrer Arbeiterschaft abgegeben − und das aus freien Stücken. Sie sind nicht zu Buddha gegangen und haben versucht mit ihm einen Handel abzuschließen − etwa in der Art:

»Wenn du mein Kind heilst, dann werde ich meine 3.500 Arbeitnehmer aus der Sklaverei entlassen und

in eine wirtschaftlich nahezu sichere Position überführen.«

Das muss ich ihnen hoch anrechnen. Sie haben nicht versucht, mit Buddha zu feilschen, ganz so wie es Marktweiber zu tun pflegen.

Erstaunlich ist, dass in ihrem Heimatland Deutschland bereits 1959 die Partei der Sozialdemokraten (SPD) gleiche Missstände aufdeckte – und zwar für das ganze Land der BRD (Bundesrepublik Deutschland), wie auch sie, Khun Jai, sie aufgedeckt haben für ihr eigenes Firmenkonsortium in Thailand. Im Godesberger Programm haben die Sozialdemokraten für ihr Land die vorliegenden Sätze formuliert, obwohl es dort – im Gegensatz zu Thailand – Rentenversicherung, Krankenversicherung und Arbeitslosenversicherung gab:

»[...] Wer in den Großorganisationen der Wirtschaft die Verfügung über Millionenwerte und über Zehntausende von Arbeitnehmern hat, der wirtschaftet nicht nur, er übt Herrschaft über Menschen aus; die Abhängigkeit der Arbeiter und Angestellten geht weit über das Ökonomisch-Materielle hinaus.

Wo das Großunternehmen vorherrscht, gibt es keinen freien Wettbewerb.

Wer nicht über gleiche Macht verfügt, hat nicht die gleiche Entfaltungsmöglichkeit, er ist mehr oder minder unfrei [...].

[...] Die sozialistische Bewegung erfüllt eine geschichtliche Aufgabe. Sie begann als ein natürlicher und sittlicher Protest der Lohnarbeiter gegen das kapitalistische System. Die gewaltige Entfaltung der Produktivkräfte durch Wissenschaft und Technik brachte einer kleinen Schicht Reichtum und Macht, den Lohnarbeitern zunächst nur Not und Elend.

Die Vorrechte der herrschenden Klassen zu beseitigen und allen Menschen Freiheit, Gerechtigkeit und Wohlstand zu bringen – das war und das ist der Sinn des SOZIALISMUS.« [1]

„Lieber Mönch", antwortet der »Deutsche« sogleich, ohne lange zu überlegen,

„die Situation ist für Deutschland 1959 sehr gut beschrieben. Aber heute, 2022, nach nur 63 Jahren ist die Schere zwischen Arm und Reich viel weiter auseinander als damals. Und damit liegt alle Entscheidungsgewalt weiterhin bei den Reichen und Mächtigen. Wir sehen sogar, wie eine einzige Person – hier der russische Präsident – 2022 die Menschheit an den Rand eines III. Weltkrieges bringen kann, indem er ein souveränes Nachbarland kriegerisch überfällt.

Und wie unsere Gegenwart in Gefahr ist, so ist auch unsere Zukunft in Gefahr: Auf der ganzen Welt wechseln schon heute die Arbeitgeber ihre Arbeitnehmer gegen Maschinen aus.

Es kommt die Revolution der Roboter!

Gefügige unermüdlich arbeitende Roboter führen komplexe Aufgaben aus und werden immer intelligenter. Maschineninstruierte Systeme ersetzen dann in Zukunft weltweit den Menschen.

Wenn die Maschinen den Menschen die Arbeit und damit das Einkommen genommen haben, dann werden die Menschen auf die Straße gehen und sich von den Besitzenden alles nehmen, was sie brauchen!

Leider kennt der Arbeiter, der Bauer aber nur Gewalt, um seine Rechte durchzusetzen!

---

[1] *Friedrich-Ebert-Stiftung e.V., Bonn, INV-Nr. 31.900, Herausgeber: Vorstand der Sozialdemokratischen Partei Deutschlands. Bonn 11/39, Auszug aus dem Godesberger Programm der SPD von 1959*

Doch am Ende ist er selbst es, der erneut auf der Strecke bleibt. Er ist wieder das, was er vorher war – der Abhängige – der Leibeigene! Er landet wieder dort, wo er herkam!

Bestes Beispiel ist die russische Revolution 1917, die mit der Gründung der Sowjetunion 1922 endete. Acht Millionen Tote der Revolutionierenden war der Preis für das neue Machtgefüge – viele Millionen Abhängige unter der kommunistischen Knute als Ersatz für den feudalistischen Zaren.

Aus mir spricht schreiende Angst – auch um meine Familie und alle meine reichen Freunde!!!

»Die Armen, die, die nichts haben, können auch nichts verlieren. Wir Reichen aber verlieren alles und haben damit auch keine Zukunft!«

Da die Revolution der Computer und Roboter uns Reiche alle hinwegfegen wird – und zwar weltweit – bis hin zum Verlust unseres Lebens, muss die kommende Revolution wegen all ihrer Schrecken <u>unbedingt verhindert</u> werden!

**Und falls es überhaupt zu einer Revolution kommen sollte,
muss diese Revolution <u>ausnahmslos friedlich verlaufen und deshalb von uns ausgehen</u>
– den Arbeitgebern und Kapitalisten mit ihrem Vermögen und ihrem Wissen –
vereinfacht ausgedrückt:**

***Wir Reichen müssen den Arbeitern und Bauern zuvor kommen …
… wenn nicht durch eine Revolution, dann durch ein revolutionierendes, absolut neues Wirtschaftssystem**
– das viele Millionen zutiefst unglückliche Bürger zufrieden stellt – quasi ein unerwartetes Geschenk!

Man kann von der Vorbedingung ausgehen, dass kein Betrieb, kein Unternehmen bestehen kann, ohne Kapital und ohne Arbeitskraft. Es handelt sich um eine unmittelbare Abhängigkeit zwischen diesen beiden Größen – und zwar sind sie in ihrer Bedeutung für das Unternehmen gleichrangig. Der Kapitalgeber benötigt die Arbeitskraft wie auch die Arbeiter das Kapital benötigen. **Deshalb bestimme ich für alle meine Wirtschaftsunternehmen in Thailand, dass ab dem 01. Januar 2023** alle Entscheidungen bezüglich meiner Betriebe von der gesamten Arbeiterschaft auf der einen Seite und von mir benannten Vertretern auf der anderen Seite getroffen werden. 7 Vertreter der Arbeiterschaft und 7 Vertreter des Kapitalgebers (ich) werden an einem Tisch gemeinsam und gleichberechtigt alle wirtschaftlichen und personellen Entscheidungen vornehmen.

Die Vertreter des Kapitalgebers werden von mir berufen. Die Vertreter der Arbeiterschaft werden von den in meinen Firmen beschäftigten Personen gewählt.

Die Begriffe
Arbeitgeber und *Arbeitnehmer*
gibt es von diesem Tage an nicht mehr – sie gehören der Vergangenheit an!

Jeder in unserem Firmenkonsortium Tätige bezieht, seinen Fähigkeiten entsprechend, ein angemessenes Gehalt. Der Einfachheit halber erhalten alle meine Betriebe die neue Firmenbezeichnung

»Franz & Mugda Muxeneder, L.T.D«,

unter namentlicher Benennung auch meiner Tochter.

Am Jahresende wird der erwirtschaftete Gewinn

50 % zu 50 %

aufgeteilt, zwischen allen im Betrieb arbeitenden Personen auf der einen Seite und mir, dem Kapitalgeber auf der anderen Seite."

„Sehr verehrter Khun Jai", hat der Mönch wieder in Englisch auf mehrere Blätter geschrieben, die er, wie schon zuvor, an die beiden anderen Personen übergibt. Dort ist weiter zu lesen:

„Sie wollen etwas ganz Großartiges schaffen. Es handelt sich im wahrsten Sinne des Wortes um ein absolut neues Wirtschaftssystem, das sie sogleich auch in die Praxis umsetzen.

Ich habe ihnen hier zwei Bücher eines deutschen Autors mitgebracht (Seite 116), die ich ihnen hiermit übergebe. Hier wird haargenau das von ihnen praktizierte Wirtschaftssystem beschrieben – allerdings nur theoretisch!

Ihr deutscher Landsmann führt die beiden größten Energieströme auf unserer Erde

Kapital und *Arbeit*
zusammen
und nennt das neu entstandene Gebilde

»ZWEISTROM-SOZIALISMUS«. "

... und wie ganz selbstverständlich ergänzt der deutsche Geschäftsmann Franz Muxeneder, genannt »Das Schwein«, zur Verstärkung des zuvor Gesagten:

„Lieber Mönch, wir Reichen und Superreichen haben schon lange erkannt, dass unsere Gier nach immer Mehr, Milliarden von ihrem Einkommen abhängige arbeitende Menschen in eine alles vernichtende Weltrevolution treibt. Deshalb müssen wir den bisher Lohnabhängigen weltweit ein dermaßen gutes Angebot machen, dass ihnen sicheres und gerechtes Einkommen garantiert und im Gegenzug auf der anderen Seite uns Reichen das Leben lässt. Chaos mit Raub, Mord und Totschlag wären abgewendet und würden Milliarden Menschen sicheres und gerechtes Einkommen garantieren – auch uns.

Es ist nur erforderlich, dass sich Kapitalisten und die Arbeiterschaft unseres Heimatplaneten die Hände reichen und an einem Strang ziehen!"

Nach drei Wochen sitzen der »Deutsche«, der Mönch und Tuckata am frühen Morgen wieder beisammen. Man merkt sofort, dass die so bedrückende Stimmung während der letzten Zusammenkünfte regelrecht verflogen ist. Das liegt ganz einfach daran, dass die Gesundung von Mucky mit Riesenschritten voran geht. Von Chemotherapie nichts mehr zu sehen und die Wanderungen mit dem Mönch und Tuckata werden täglich länger – und Beagle »Zita« und Isländer Fanny sind immer dabei.

„Ich bin regelrecht perplex", eröffnet der Hausherr die Gesprächsrunde.

„Dass ich mit meinem neuen Wirtschaftssystem haargenau da gelandet bin, wie auch der deutsche Autor. Habe beide Bücher mit großem Interesse gelesen und totale Übereinstimmung mit meiner Idee festgestellt. Wie ist es nur möglich, dass aus mir, dem Superkapitalisten praktisch »über Nacht« ein Sozialist geworden ist? Ich danke dir, lieber Mönch und auch dir Tuckata, dass ihr beide mich fast hautnah bei meiner Wandlung begleitet habt. Muckys Krankheit hat mich zu dem Besuch bei den »13 Buddhas« im Tempel veranlasst. Ich bin fest davon überzeugt, dass der große Buddha – Siddhartha Gautama dieses Wunder an mir vollbracht hat, obwohl jeder sagt:

„Buddha vollbringt keine Wunder!"

Und weiter der Mönch:

„Der schleppende Verkauf der beiden Bücher des deutschen Autors hat gezeigt, dass die Menschen in ihrem Leben keine wesentlichen Veränderungen für die Zukunft vornehmen möchten, aufgrund von theoretischen Beschreibungen und Veränderungs-vorschlägen in Büchern. Es fehlt die direkte und unmittelbare Betroffenheit jedes einzelnen Bürgers. Erst, wenn es ihm und seiner Familie schlecht geht – wenn der scheinbare Wohlstand schwindet und Armut, Hunger und Chaos um sich greifen, dann ist der Bürger bereit, in seinem Leben Veränderungen zu akzeptieren.

Bei ihrer Wirtschaftsform ist das aber anders, Khun Jai. Jeder einzelne ihrer 3.500 Mitarbeiter ist direkt betroffen, wie auch sie als Kapitalgeber mit ihrer Familie. Dieser Gedanke der Betroffenheit der Menschen kann sich mit Hilfe des Internets sehr schnell auf ganz Thailand und dann weiter auf die übrigen 200 Staaten der Erde ausdehnen. Wenn die Menschen an ihrem praktischen Beispiel erkennen, dass es 3.500 ehemaligen »Arbeitssklaven« mit ihren Familien nun wesentlich besser geht als vorher, dann wird dieser Gedanke vom Funken zu einem mächtigen Feuer.

»ZWEISTROM-SOZIALISMUS«
macht aus
ehemaligen Arbeitnehmern UNTERNEHMER
und
»ZWEISTROM-SOZIALISMUS
macht aus blutrünstigen
ehemaligen Kapitalisten SOZIALISTEN,
die ihren Gewinn mit der Arbeiterschaft teilen!

2022 fordert ein Nachfahre Buddhas:
* Echte Demokratie für alle Völker
auf der Erde und auf allen in Zukunft
zu besiedelnden Planeten des Weltalls

„Es fehlt nur noch ein **gerechtes Demokratisches Regierungssystem**, ein Dach unter dem die Menschen der einzelnen Länder leben möchten", fährt der Mönch mit seinen Ausführungen fort:

„Solch ein Regierungssystem finden wir auf den Seiten 114/115 dieses Buches in schematischer Darstellung.

Die Vorteile dieses Systems gegenüber allen anderen Regierungsformen bestehen in Folgendem:

1. Die Regierungsgewalt ist aufgeteilt in den STAATSRAT für die Äußere Politik und den MINISTERRAT für das Innere eines Landes.

2. Die 3 Gewalten Regierung, Parlament und Gerichtsbarkeit sind streng voneinander getrennt.

3. Uneingeschränkte **Kontrolle** der Doppelregierung mit dem
   Staatsratspräsidenten
   und dem
   Ministerratspräsidenten
   ist damit sichergestellt durch
   - die Volkskammer,
   - die Länderkammer,
   - das Oberste Verfassungsgericht und
   - den Volkspräsidenten.

   Im Klartext bedeutet das:
   Ohne die Zustimmung der 4 oben aufgeführten, vom Volk gewählten Gewalten, sind wesentliche Entscheidungen der »Doppelregierung« nicht möglich! Das gilt auch insbesondere für jede kriegerische Handlung!!!

4. Die Mitglieder der Länderkammer sind gewählte Parlamentarier aus den Länderparlamenten und keine abhängigen entsendeten Vertreter der Landesregierungen, wie etwa in Deutschland.

5. *Alle Richter eines Landes bilden einen neuen völlig unabhängigen Berufsstand!*

Alle Richter schlagen in der Richterkammer Kandidaten für die Verfassungsgerichte der Länder und das Oberste Verfassungsgericht vor.

6. Alle 8 Jahre wählen die Wahlberechtigten eines Volkes (wahlberechtigt ab 17, wählbar ab 29)
   - die Abgeordneten der Volkskammer
   - die Abgeordneten der Länderparlamente
   - die Richter der Verfassungsgerichte
   - den Volkspräsidenten

7. Im Staatsrat (40 Räte) und im Ministerrat (50 Räte) ist auch die Opposition vertreten – nach Proporz der in die Volkskammer gewählten Parteien.

8. Alle Mitglieder der Regierungen verlieren mit ihrer Ernennung ihren Sitz im Parlament (Volkskammer, Landesparlamente, Länderkammer).

Damit ergibt sich als wesentliche Verbesserung:
Nach dieser neuen Verfassung wäre es für einen Kanzler Scholz nicht mehr möglich, im Deutschen Bundestag »herumzugeistern«, es sei denn, es läge für sie als Regierungsvertreter eine Einladung des Hohen Hauses vor!

Und eines ist ganz klar:
Unter diesem, hier vorgeschlagenen Regierungs-system wäre es 1933 für Reichspräsident Paul v. Hindenburg nicht möglich gewesen, Hitler zum Reichskanzler zu ernennen.

Auch dem russischen Präsidenten wäre 2022 der »Rote Knopf« für die Kriegsführung gegenüber der Ukraine verschlossen geblieben. Kein Regierungchef irgendeines Landes könnte sich unter diesem Regierungssystem zum

»Imperialistischen Kriegsherren« aufspielen,
denn:

1. Volkskammer und Länderkammer geben nicht die Zustimmung, weil die erforderlichen

Zweidrittel-Mehrheiten der Abgeordneten fehlen

2. Das oberste Verfassungsgericht schreitet gegen jeden Kriegstreiber ein, da bei Kriegsführung Verfassungsbruch vorliegt

3. Der Volkspräsident stimmt nicht zu",

   und weiter ergänzt der Mönch:

   "Die Völker, die einen König oder eine Königin an ihrer Spitze haben, verehren ihr Königshaus wie die gelebten Jahrhunderte zuvor.

Ebenfalls würdig ist dieses Regierungssystem auch für die Zukunft, wenn etwa Ende der 2030iger Jahre der erste Mensch auf dem Mars landet und von dort aus die Besiedlung weiterer Planeten im Weltall erfolgt. **Menschen unterschiedlicher Nationalitäten** haben dann die Möglichkeit, ihre nicht bewährten Regierungssysteme auf der Erde zu lassen und mit einem fortschrittlichen, oben »gerecht und demokratisch« genannten Regierungssystem neu zu beginnen", beendet der thailändische Mönch »Siddhartha Gautama« 37ste seine geschriebenen Ausführungen.

*Abb. 2: Schema (Seite 114/115) – **Regierungssystem der Deutschen Demokratisch-Sozialistischen Republik (DDSR) seit dem Jahre 1991**– nach der Idee des Verfassers. »Echte Demokratie« bedingt »Echte Gewaltenteilung« des Staates, deshalb bereits hier im Schema deutlich getrennt:*
***Farbe Blau** **Gesetzgebende Gewalt:** Parlament mit Volkskammer, Länderkammer, 5 Länderparlamente*
***Farbe Rot** **Ausführende Gewalt:** Regierung 1/STAATSRAT mit Staatsratspräsident und Regierung 2/MINISTERRAT mit Ministerratspräsident und 5 Länderregierungen*
***Farbe Gelb** **Rechtsprechende Gewalt:** alle Richter der Republik, Oberstes Verfassungsgericht auf Republikebene, Verfassungsgerichte der 5 Länder und die Richterkammer*
***Der Volkspräsident** steht als völlig unabhängiges staatliches Kontrollorgan über den 3 Demokratischen Gewalten!*

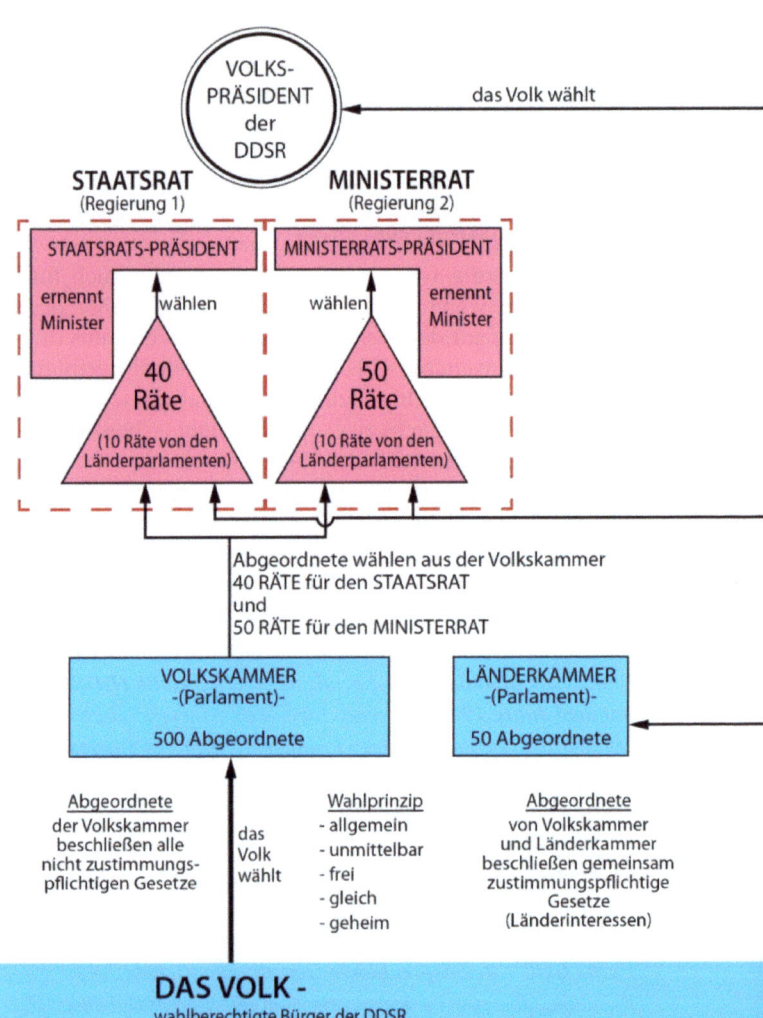

VOLKS-PRÄSIDENT der DDSR

das Volk wählt

STAATSRAT
(Regierung 1)

MINISTERRAT
(Regierung 2)

STAATSRATS-PRÄSIDENT

MINISTERRATS-PRÄSIDENT

ernennt Minister

wählen

wählen

ernennt Minister

40 Räte
(10 Räte von den Länderparlamenten)

50 Räte
(10 Räte von den Länderparlamenten)

Abgeordnete wählen aus der Volkskammer
40 RÄTE für den STAATSRAT
und
50 RÄTE für den MINISTERRAT

VOLKSKAMMER
-(Parlament)-

500 Abgeordnete

LÄNDERKAMMER
-(Parlament)-

50 Abgeordnete

Abgeordnete
der Volkskammer beschließen alle nicht zustimmungspflichtigen Gesetze

das Volk wählt

Wahlprinzip
- allgemein
- unmittelbar
- frei
- gleich
- geheim

Abgeordnete
von Volkskammer und Länderkammer beschließen gemeinsam zustimmungspflichtige Gesetze
(Länderinteressen)

DAS VOLK -
wahlberechtigte Bürger der DDSR
ab 17 Jahren wählen Abgeordnete
der Volkskammer

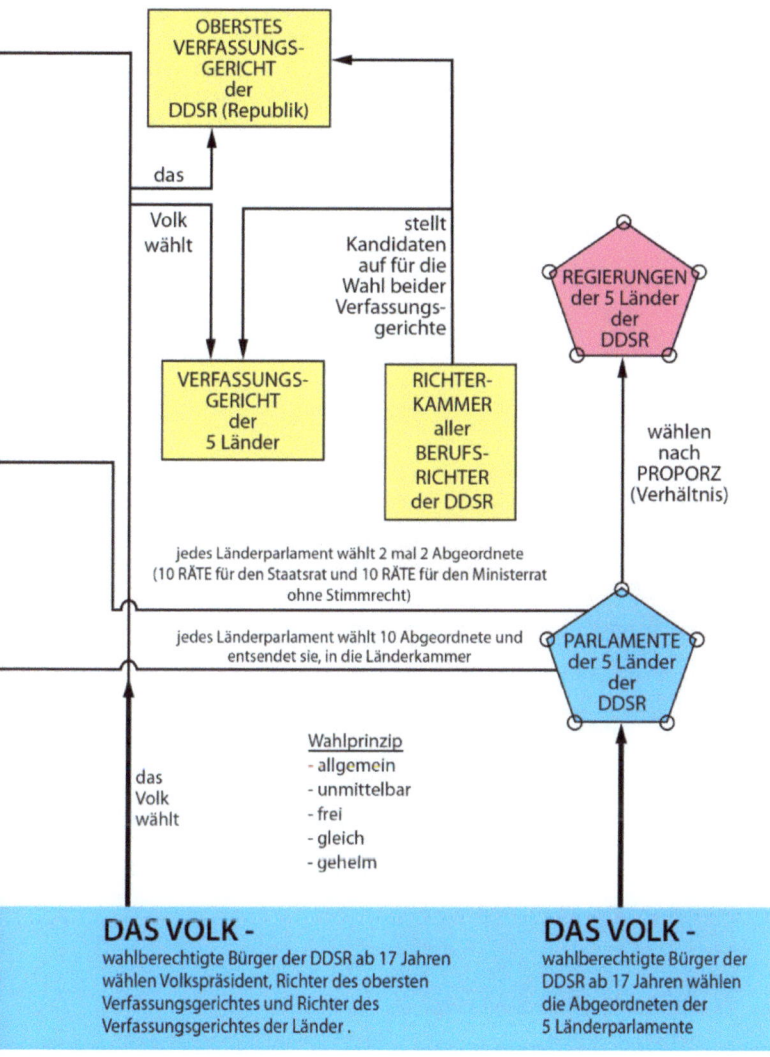

OBERSTES
VERFASSUNGS-
GERICHT
der
DDSR (Republik)

das

Volk
wählt

stellt
Kandidaten
auf für die
Wahl beider
Verfassungs-
gerichte

REGIERUNGEN
der 5 Länder
der
DDSR

VERFASSUNGS-
GERICHT
der
5 Länder

RICHTER-
KAMMER
aller
BERUFS-
RICHTER
der DDSR

wählen
nach
PROPORZ
(Verhältnis)

jedes Länderparlament wählt 2 mal 2 Abgeordnete
(10 RÄTE für den Staatsrat und 10 RÄTE für den Ministerrat
ohne Stimmrecht)

jedes Länderparlament wählt 10 Abgeordnete und
entsendet sie, in die Länderkammer

PARLAMENTE
der 5 Länder
der
DDSR

Wahlprinzip
- allgemein
- unmittelbar
- frei
- gleich
- geheim

das
Volk
wählt

DAS VOLK -
wahlberechtigte Bürger der DDSR ab 17 Jahren
wählen Volkspräsident, Richter des obersten
Verfassungsgerichtes und Richter des
Verfassungsgerichtes der Länder .

DAS VOLK -
wahlberechtigte Bürger der
DDSR ab 17 Jahren wählen
die Abgeordneten der
5 Länderparlamente

115

Abb. 3:
Helmar Neubacher
»Idealer Führer« oder
Zweistrom-Sozialismus
Rettungsanker für die
Menschheit?
BoD — Books on
Demand Norderstedt,
ISBN: 9783750411838

Abb. 4:
Helmar Neubacher
Wir sind das Volk
Bruch der Schere
zwischen Arm und
Reich
Eine Streitschrift
BoD — Books on
Demand Norderstedt,
ISBN: 9783744855631

KINDER in HUNGERSNOT

HELFEN bringt auch dem Helfenden Zufriedenheit!

Lesen Sie bitte auch die
nächsten beiden Seiten.

Foto mit freundlicher Genehmigung N. Khoyun, Insel Sylt, Deutschland

Wir sausen auf teuren Rennrädern aus Carbon durch die Gegend, genießen auf chromblitzenden Choppern die herrliche Natur, fahren mit PS-starken Nobelkarossen in den Urlaub, kreuzen mit Segel- und Motorjachten über die Meere, fliegen in Sportflugzeugen durch Gottes Himmel

… und das alles nur zum Spaß!

Auf der anderen Seite stirbt alle 3 Sekunden ein Menschenkind, weil es nichts zu trinken und auch nichts zu essen hat. Tsunamis, Erdbeben und von uns selbst verursachte Katastrophen verstärken dieses unsägliche Leid – und bringen jenen »Ball«, den wir großspurig »Welt«, aber wegen seiner Winzigkeit und Anfälligkeit auch »Erde« nennen, fast zum Zerbrechen!

Genießen wir weiter unseren verdienten Wohlstand, aber öffnen wir auch unser Herz für großes Leid und großes Unrecht, unmittelbar vor der eigenen Haustür!

Wechseln wir vom REDEN zum TUN!!!

Dazu habe ich mir zwei Fragen gestellt:

1. Wie ordne ich meine derzeitige Lebenssituation auf einer Befindlichkeitsskala ein:
    hervorragend
    zufriedenstellend
    einigermaßen
    schlecht.
2. Kann ich ein wenig an die abgeben, die nicht einmal genug zu essen und zu trinken haben?

Die Beurteilung auf der Skala für mich selbst ergibt: hervorragend.
Deshalb werde ich von jedem verkauften Buch »DAS SCHWEIN AUF DEM TRAPEZ« 5 % meines Autorenhonorars für Kinder verwenden, die sich in

118

Hungersnot befinden. Ich bitte alle Menschen, sich ebenfalls die Fragen 1 und 2 zu stellen und dann nach einer ehrlichen Antwort den Weg zu einem Spendenkonto zu finden.

... und auch heute, im Jahre 2022 sind die oben verfassten Zeilen geradezu hochaktuell:

„Ein russischer Präsiden überfällt kriegerisch mit Panzern, Phosphorbomben und Granaten das Nachbarvolk in der Ukraine. Ich sehe jede Nacht die vor Angst aufgerissenen Augen der unschuldigen Kinder und höre ihre Schreie.

Ich, der Autor weiß wovon ich schreibe. In Gedanken sehe ich oft meine weinende Mutter, wenn sie davon berichtete, wie sie im eisigen Winter 1944/45 mit uns drei kleinen Kindern des Nachts, ohne Vater, im Leiterwagen über das Eis des Frischen Haffs gen Westen fuhr. Von oben Maschinengewehrfeuer und Bomben der russischen Flieger – und unten das Verschwinden von kompletten Leiterwagen mit Menschen und der letzten Habe – gezogen von Trakehnerpferden – in den Bombentrichtern des Eises. Damals waren die anstürmenden Russen Helden – denn sie befreiten nach den Worten des deutschen Bundespräsidenten Weizäcker nicht nur Russland, sondern auch uns Deutsche von einer mächtigen und überaus grausamen Mörderbande.

„Verehrter Herr Präsident des russischen Volkes stellen Sie sich heute, 2022, die Frage:

»... bin ich ein russischer Held? ...«"

Es bedankt sich bei allen Lesern sehr herzlich Ihr H. Neubacher, Autor.

Kontakt zum Autor

Helmar Neubacher

www.schaduf-book.de
www.schaduf-book.com

www.pyramidenbau-aegypten.de
www.great-pyramid-building.com